巴里の雨はやさし

Ogawa Seiya
小川征也

作品社

巴里の雨はやさし

アーネスト・ヘミングウェイ、パブロ・ピカソ、アルフレッド・コルトー。

ほぼ同時代に花ひらき、讃えられ、後世に残る仕事をやり遂げた巨匠たち。

その仕事ぶりは文学全集、美術館、ＳＰレコードで味わうことが出来るけれど、こまったことに、ご本人にお会いしたい、どうしても顔を見たい。

それで思いついたのが、一九二〇代のパリを舞台に小説を書き、そこへ三人を登場させるという仕掛け。舞台の主役ではなく、その彩りとして。

主役は日本青年とフランス娘。

巨匠がたは浴びるほどの喝采を受けたのですから、今回は脇に回り、名も無き若い二人に花を持たせてください。

1 章

一九二＊年四月

丸岡一郎がマルセーユから列車でパリのリヨン駅に着いたのは四月半ば、大気は暖かく、祖父の形見のインバネスを脱ぎたくなった。この外套は素材が安物であるうえ、持主の長年の労苦を吸い込んだのか鉛のように重かった。それでも着たままでタクシーに乗り込み、「カルチェ・ラタン」と告げ、つづいて「パンシオンを商う店」と付け加えた。パンシオンはフランス語で下宿のこと、さいわい自分の片言会話が通じたらしく、大学街の不動産周旋屋に連れていってくれた。

そこのあるじは長い鼻が湯気で蒸したように赤く、目がくりくり動く中年男で、「日本から来たのか」とたずね、「そうだ」と答えると、小鼻をひろげニンマリと笑った。カモが来たと思ったらしい。丸岡はフランス語で商談したら負けると考え、「ムッシュウ、英語を話せるか」と聞いた。「ノンノン」おやじは大げさに肩をすくめ、客を安心させるためか、「日本人は好きだ、大国を打ち負かしたからな」といった。

「静かな、安い部屋を紹介してほしい」

「あんた、学生か」

「ちがうよ、新聞記者だ。パリ市民の色んな姿を描くために来たのです。あなたは日本の好きな、親切な人として記事になるでしょう」

通じたのか通じなかったのか、おやじはうれしそうな顔をした。じつをいうと、パスポートの職業こそ新聞記者であるが、社との契約は嘱託であり、記事が採用されれば原稿料が支払われるに過ぎない。同じような契約を雑誌社とも結んでいて、それというのも、大学を出てぶらぶらしている間に、文芸誌に二度短編が掲載され、わずかながら着目されたからだ。

丸岡と新聞社との契約は二年である。その間特派員として欧州に滞在できるけれど、原稿料は当てにならぬから、滞在費はおおかた自分持ちといっていい。丸岡はそのために祖父の看板屋の作業場と神田明神下のちっちゃな家を売り払ってきたのだった。ざっと概算するとこの金、花の都で浮かれ暮らしたら半年と持たない額である。これを二年持たせるには、週に六日は禁欲生活を自分に強いねばならない。

赤鼻のおやじはリヤカーを小さくしたような荷車に丸岡のトランクを乗せ、自らパンシオンへ客を案内した。十分ぐらい歩いてセーヌらしい流れにさしかかると、「あれがノートルダム大聖堂だ」と右手を指さした。中洲みたいな島にでーんと構えた建物を見て、丸岡はしたり顔していった。「ヴィクトル・ユゴーの小説を読んだよ。鐘つきのカジモドは健在ですか」「あいつ、俺の親友だった」おやじ、にこりともせず「こっちこっち」と客を急かせた。

パンシオンは大聖堂の西側、観光名所の島にしてはひっそりした、中世を想わせる街区にあった。おやじは足をとめ「ここはシテ島と呼ばれているが、島だからといって下宿代はバカにならない。短い橋でつながっている隣のサン・ルイ島なんかパリ第一の住宅地だよ」と予防線を張った。

着いたのは目抜き通りに面した三階建ての前、三階は屋根裏部屋になっている。ここの大家は裏路地に住んでいるらしく、おやじが走って呼びに行った。やって来た男を見て、丸岡は目をきょろきょろさせて二人の男を見くらべた。新米のほうが鼻の赤さがやや薄い程度のちがいである。たぶん兄弟であろうが、二人そろって悪人でもあるまいと、丸岡は勝手に解釈した。

下宿契約は路上の立ち話でかなり進捗した。示された条件は屋根裏部屋にしては高いような気がしたが、なにしろ相場がわからないし、シャワーが付き冬はスチームが入るといわれ、「ウイウイ、なかなかいいね」と半分日本語で答えた。「賄いも付けようか、うちの料理食ったら、嫁さんもらいたくなくなるぜ」大家がそんなことをいったようだったが、隣のビルに定食屋があるのを見つけていたので、「ノン」の一言で斥《しりぞ》けた。

「さて、部屋を見せてもらおうか」

「さあさあ、こちらへ」

戸を開けたところに三畳ほどの空間があり、壁にコート掛け、その下に靴箱が付いており、便所と洗面所はその向かいにあった。玄関の奥の、八畳ほどが居間と寝室を兼ねているようで、寝具付きのベッド、簡素な机と一脚の椅子、それとダルマ型のストーブが目に入った。先ほど大家がスチームを入れると明言したから、このストーブ、無用であろうが、殺風景な空間にどっしりと落ち着きを与えている。丸岡はこのままでいいやと、この点には触れず、唯一の窓が南東を向いているのを確認し、サインすることにした。

契約が済むと、当然のこと、鼻のより赤いほうが周旋料を請求した。こういう場合チップを出すべきかどうか、彼は雇人ではないのだから払わなくていいんじゃないか。丸岡は十秒ほど思案し、結局一割上乗せして金を出した。

「おお、マルオカさん、困ったことあったら、いつでも相談に乗るよ」

相手のほくほくした顔を見て、丸岡は早まったかなと反省しながら、一つ相談事を考え出した。「ここへ行きたいんだけどね」住所を記した手帳を見せると、「いつ行くの」「あなたさえよかったら今でも」「二人でランデ・ブーといこう」。

この住所、つまり丸岡の所属するA新聞パリ支局は地区的にはサン・ジェルマン・デ・プレに属するが、カルチェ・ラタンとの境だそうで、彼にとってはちょっと寄り道する程度なんだろう。

　自分は嘱託といっても社員にはちがいないから早々に出向くのが礼儀であるし、支局宛てに送った荷物を受け取る必要もある。その中には僧衣やヴァイオリンも含まれており、早く外へ出してやりたい。

　丸岡と荷車を引く周旋屋は河岸を散歩する人より少し早い足取りで歩いた。シテ島の中程にある橋を渡りセーヌの左岸を三百メートルほど歩き、街のほうへ右に折れて二本目の脇道をまた右に入った。

「ここだよ」

「どうもありがとう」

「悪い病気をもらったときはすぐお出で。いい医者を紹介するよ」

　丸岡はもう一度ありがとうといった。目の前にあるのは白をドドメ色でぼかしたような漆喰壁、井桁の桟のついた細い窓の列。四階建ての一階は印刷屋が入り、支局は二階にあるらしい。コンシェルジュなんかどこにもおらず、フリーパスで支局へ入ることが出来た。「今日は」と日本語で挨拶すると、一番近い机から、よく肥った、女金太郎みたいなおばさんが「ボンズール」と鼻にかかった声で迎えた。奥の机に支局長らしい人影が見えるので、「あの人に、日本から会いに来ました。僕の名前、丸岡です」と手真似をまじえ日本語でいうと、体軀のわりに敏捷にくるっと向きを変え、奥へと歩き、トンと机を叩いた。

広さは十二畳ぐらい、奥といってもすぐそこだから、あわてて身を起こし目をパチパチしているのが目に入った。居眠りしていたらしい。机がほかのより大きいからやっぱり支局長であるようだ。たしか名前は会田のはずだが、自分の名は名乗らず、傍らの粗末な木の椅子をすすめながらこういった。

「若き文豪が一人滞欧すると聞いたが、君か」

新聞記者のことを「羽織ゴロ」、つまり羽織を着たごろつきといったそうだが、そう呼ぶにふさわしいぞんざいさである。一方、顔はなかなか品があり、帝大の助教授然とした端正さを鼻下のちょびひげでやわらげ、ひと工夫くわえている。

「自分は、若きヴィクトル・ユゴーではありません。一介の嘱託記者です」

「無給だってな。可哀そうに」

「何か仕事があったら言い付けてください」

「あいにく俺もルンペンしている。ところで下宿はきまったのか」

「はい」

「バスはついてるか」

「ついてません」

「たまにここへ入りに来給え。他社と共同だがね」

「他社もここに入ってるのですか」

「三社がこの階を使っている。ま、当分ヨーロッパは平和でいいネタがないから、風呂を共用していても、どうってことはない。それでだ、我輩の目下の関心はただ一つ、君の荷物だよ。ただの腰かけにしては大き過ぎる。中身は何だい」

「ヴァイオリンとか衣裳類です」

「君、オペラ座に出演するのか」

「いや、路上でやるのです。金の受け皿を前に置いて」

「おお、これは面白い。日本大使館の前でやるんだな。これはスクープになるぞ。花の都の新内流しか」

支局長は手を打って喜び、そこで椅子を立った。

「今夜は予定があるから、歓迎会はまたにしよう。丸岡君、ジョセフィン・ベーカーを知ってるか」

「はあ、名前ぐらいは」

「あのコーヒー色の裸体はそれ自体芸術だ。日本の文豪にも見せておかなきゃな」

荷物をタクシーで下宿へ運び、丸岡はバタンキューと寝てしまった。

一日目、かくのごとく、よそ見せずに過ごした丸岡は翌日早速散歩に出かけた。隣のレストラン兼定食屋でカフェ・オ・レとクロワッサンだけの朝食をとり、セーヌで一番古い「ポン・ヌフ」の橋上で、右岸の美しい緑の木立と下宿裏の大明神「ノートルダム」を見てから左岸へと渡った。とりあえずリュクサンブール公園へと足を向ける。この方角は出がけに地図を見たので頭に入っている。

天候は晴朗、空は光を含んだ透明な青、南国へこころが誘われる暖かな青だ。爽やかな大気が鼻につんとくる。街は洗われたように陰翳が濃く、そんな中、微かに甘い香りがするのは街路樹からだろうか。すっきりシンメトリーな木立に、白と薄紅の花たちがお神楽の鈴の形に咲いている。あれが名にし負うマロニエか。

十分ほど歩いてリュクサンブール公園に着いた。入口に紅いスカーフを頭に巻いた娘が花を売っている。スミレ、桜草、それとミモザであろうか、黄色く綿菓子みたいにふわっとした花が目にとまった。触れなば霧となって散らばりそうな、はかない風情。丸岡は一枝買いたくなり、娘に値を聞こうとしたが、買ったってあげるのはこの娘しかいない。ごめんね、をフランス語でいって歩を進めた。

この公園はルイ一三世の母の住まいであったという。地味で堅固な外観を持つ宮殿、広々とした庭園からなっている。ここでもマロニエは一番の花形役者、街路で見たのより鮮やかに花ひらき、お神楽の鈴を高く誇らかに振っている。

庭園は晴れわたった空と対に見えるほど広い。芝はあかるい若草色。凪いだ海のようなその際《きわ》をぐるっと小さな花園が縁取り、紅や青や黄の可憐な花たち。

かなり人が来ている。ベンチで日を浴びたり、遊歩道を色んな人が歩いている。アメリカ人らしい若い二人、杖をついた老人、ソルボンヌへ行くらしい学生たち。

丸岡は庭園を二た廻りして外へ出た。すぐ北側にコメディ・フランセーズのホームグランド、ギリシャ神殿風ファサードを持つオデオン座があった。モリエールの喜劇がかかっていて、チケット買おうかなとしばし思案し、やっぱりカンカン踊りがいいやと、ここは後日のことにした。

さらに北へ少し行くと、シェイクスピア書店という古書店があった。神田の古本屋と間口が同じぐらいで、自然足が止まった。これ習性なのか、古本屋の前を通るとつい入ってしまう。湿った畳表のような、乾草を積んだ納屋から来るような、ときとしてカステラの古箱を連想することもある匂いにつられ。

そういえば神田神保町、駿河台下寄りのあの店によく通ったものだ。ショウウインドウまで本が横積みされ、しもた屋風の暗さをかもす古書店で、左右、中央の棚をぎっしり埋めた商品の七割を洋書と翻訳本が占め、そのせいかこの店、パイプの香りもまじっているように感じられた。丸岡は中学生からこの店に出入りしていた。といっても、右の硝子戸から入り、本を眺め、左の硝子戸から出てゆくことをくりかえすのみ。

店には一人初老の男がいて、いつも奥の勘定台の陰に、没入するごとく本を読んでいた。つるつる頭の、周りの部分にちょろちょろと毛があり、鼻の頭に黒いつるの丸眼鏡をかけ、たまに眼鏡ごしに客を見る。その眼光がなかなか鋭くて、そう長くは立ち読みしていられなかった。

高等学校に入ってから翻訳の文庫本を買うようになり、丸岡はこの店「上村書店」において顧客面が出来るようになった。大学を出るまではもっぱら購入する側だったが、卒業の年に祖父が亡くなり、少しは金になりそうな書物が残された。祖父は財産全てを丸岡一郎に与えるとの遺言をしており、書物を含め、遺産をどうするか、丸岡はあれこれ思案をめぐらせ、結果、全部処分して金に換えよう、そしてパリに行ってヴァガボンドをやろう、まあ二年ぐらいはそれでいけるだろう、あとのことはあとのこと、と答えを出した。

遺産の処分が済んで渡仏の段取りが決まると、上村おやじへ報告に行った。

「ほほう、フランスとは面白いな、お祝いにご馳走しよう。何がいい？」

丸岡はおやじが腰を抜かして歩けなくなり、招待が沙汰止みになるよう「シャトーブリアンのステーキがいいです」と答えた。

「そ、それは何だね」

「牛肉のうち最高級の部分だそうです」

「あんた、食ったことがないんだね」

「食べましたよ。いい思い出があります」

「ふーん、それじゃまず、その思い出が聞きたいな」

「ちょっと長くなりますよ」

丸岡はそう断り、恋を語るに似た感傷をこめて以下の話をした。

――小学校五年の春、転校生が僕のクラスに入ってきた。黒板に「新井泰明」と自分で書き、イントネーションにくせのある口調で、新顔としての挨拶をした。昼休み、早速クラス一の悪ガキが「お前、日本人じゃねえな」と難癖をつけ、黙ってうつむく彼の膝にケリを入れた。僕はそれを見て大いに憤慨し、横からさっと右手を伸ばし悪ガキのベルトをつかみ、左手をはずにかけた。自分はクラスで一番相撲が強く、勉強も二番か三番、つまり一目置かれる存在だった。「君、それでも日本人か」ぐぐっと押し込みながらそういうと、相手は「ちくしょう、おぼえてろ」と事実上の降伏宣言をした。その日僕は転校生を誘い、いっしょに下校した。彼はこの機を待っていたようによくしゃべった。自分は京都で生まれ育ったが両親は朝鮮人で、母は二年前に亡くなった。父は二男坊なので家業の食堂が継げず、色んな仕事に着いたが、いま上野の肉問屋に勤め、そこの三階に自分と二人住み込んでいる、などと話し「君、こんな家庭、驚いただろう」と声の調子をがくんと落とした。僕は「いやべつに」と答え、「自分は祖父母に育てられたんだ。でもばあちゃんは死んじゃってじいちゃんと二人きりだからね」と補足の説明をし、さらにそれを証明するため家へ連れて行った。きちんと片づけはしてあるけれど一階が二間の家を見て新井君は安堵した顔をし、「おじいさんは」とたずねた。「仕事に出かけてる。看板を描いてるんだ。デパートの看板なんかもね」「へぇー、すごいな」「あっそうだ、何かおやつ、あるはずだよ」水屋を開けると大福が二つ用意されていた。「新井君、どうぞ」「二つとも君の分じゃないの」「いいからいいから」。

郵便はがき

料金受取人払郵便

麹町支店承認

6246

差出有効期間
2024年10月
14日まで

切手を貼らずに
お出しください

1 0 2 - 8 7 9 0

1 0 2

［受取人］
東京都千代田区
飯田橋2−7−4

株式会社 作品社
営業部読者係 行

【書籍ご購入お申し込み欄】

お問い合わせ 作品社営業部
TEL 03（3262）9753／FAX 03（3262）9757

小社へ直接ご注文の場合は、このはがきでお申し込み下さい。宅急便でご自宅までお届けいたします。送料は冊数に関係なく500円（ただしご購入の金額が2500円以上の場合は無料）、手数料は一律300円です。お申し込みから一週間前後で宅配いたします。書籍代金（税込）、送料、手数料は、お届け時にお支払い下さい。

書名	定価　　　円	冊
書名	定価　　　円	冊
書名	定価　　　円	冊
お名前	TEL　（　　）	
ご住所 〒		

フリガナ
お名前

男・女　　　　歳

ご住所
〒

Eメール
アドレス

ご職業

ご購入図書名

●本書をお求めになった書店名

●ご購読の新聞・雑誌名

●本書を何でお知りになりましたか。

イ　店頭で
ロ　友人・知人の推薦
ハ　広告をみて（　　　　　）
ニ　書評・紹介記事をみて（　　　　　）
ホ　その他（　　　　　）

●本書についてのご感想をお聞かせください。

ご購入ありがとうございました。このカードによる皆様のご意見は、今後の出版の貴重な資料として生かしていきたいと存じます。また、ご記入いただいたご住所、Eメールアドレスに、小社の出版物のご案内をさしあげることがあります。上記以外の目的で、お客様の個人情報を使用することはありません。

新井君とはとても親しくなりいろんな話をした。彼は算数、理科がよく出来、クラスではずば抜けており、あるとき「君、将来何になりたい」と聞いたら「物理学でノーベル賞をとりたい」と澄ました顔で答えた。「丸岡君は？」僕も同じ顔をし、ヴァイオリンを弾く仕草をした。「これでカーネギー・ホールに立つこと」。

子供はどうして出来るのか？　について、僕は性器をくっつけるらしい、というのは知っていたが、一度すると必ず出来るもんだと思っていた。「猫とちがうよ。人間は何度でもするんだって」「へぇー」。

「丸岡君、クラスで好きな子いる？」「うーん。それが日によって変わるんだ」「僕はAさんが好き。髪の毛が首にくるくる巻いているのを見ると、さわりたくなるんだ」「へぇー」。

転校してきて三月ばかり、突然彼は京都へ帰ることになった。夕方祖父が食事の支度をしてるところへやって来て、「明日発ちます」と告げ、「父がこれ持っていけといいました。シャトーブリアンというのだそうです」と祖父に渡した。「ほんとうかい、こいつはスエヒロよりすげぇや」肉は二切れにしてあったがとても大きかった。祖父は新井君も付き合うよう強くいい、三人で等分に食べた。祖父は「うめぇうめぇ」を連発し、お礼に「これ、お父さんに」と祖母のつけた梅干を持たせた――。

「以上です」

「いい話だな。でもな、シャトーブリアンは思い出の中に取っておいたほうがいい。そこでおじいさんの話にも出てきたスエヒロはどうかね」

「はい、ご馳走になります」

銀座スエヒロのステーキ、上村おやじは祖父が取るのより一・五倍大きいのをご馳走してくれた。肉の上にバターと醬油たれが溶けてうまかったこと。

食べ終わると、一つ、訓戒を与えられた。

「フランス女に持てるには、ノンシャランスが大事であるよ」

「はあ？　そのノン何とかって、何ですか」

「おいおい、その語学力でだいじょうぶか。ノンシャランスとは無頓着なこと。靴をピッカピッカにしてたんじゃ持てないってこと」

「泥を塗ってこてこてにしとくんですね」

「そりゃあ、やり過ぎだ」

「靴をちゃんと磨いてから不忍池を二周するぐらいで、どうでしょう」

「いいねいいね、その調子その調子。だけど、パリはマロニエの花びらより街の女が多いそうだから、気をつけなくっちゃな」

「梅毒ですね」

「シューベルトはあれにかかり、水銀を炙って吸っていた。彼の死は梅毒によるものか水銀によるものかわからないそうだ。いずれにせよ、辛い辛い冬の旅だったろうな」

「ところで何か手に入りにくい書籍があったら、あちらへ行ってさがしてみますが」

「そんなことしなくていいから、一作仕上げて持ち帰ってきたら。フランス女は『ゴリオ爺さん』の強欲な娘やゾラの『ナナ』の淫蕩な女優、ジャンヌ・ダルクなど強者ばかりだから、あんた、清楚なパリ娘とのプラトニックラブを書けば、受けるかもしれないよ」

「うーん、それは難しいな。パリはやめてアルプスへ行かなくっちゃ」

さて、パリに戻ってシェイクスピア書店であるが、ウインドウには新刊らしい本が飾られ、中の三列の棚はずらりと古本がならんでいる。丸岡は古本の匂いを鼻の奥に感じ、つられて中へ入った。見渡したところ、本の種類は人文系が多く、アラブや中国の本も置かれていた。わが国のはどうだろう、さがしていると、カウンターの後ろの写真に目がとまった。何枚か額に入れてかけてあり、その一人がバルザックではないかと思われた。頬のはちきれそうな肉づき、鋭く精悍な目、鼻ひげの雄々しい跳ね具合。これは、一晩に何杯もコーヒーを飲み、膨大な小説群を書き上げたあの作家ではなかろうか。

カウンターにまだ未成年らしい若者がいて本を読んでいた。「日本の本、置いてますか」丸岡がたずねると、ちょっと首を傾げ、困ったような顔をした。フランス語が通じなかったようだ。

と、そこへ、奥から人が出てきた。両手にいっぱい本をつかみ、それを今しがたとらえた獲物か何かのように高くかかげている。

「これ、袋に入れてくれる」

カウンターの若者にいうと、くるりと丸岡の方を向き、「やあ」といった。丸岡も「やあ」と応じ、「君は日本人？」「そうだよ。君はアメリカ人？」のやりとりになった。今日び、フランスへは安く来られるのでアメリカ人はゴマンといるし、この人物、フランス人の持っている一種の気取りがなかった。背は丸岡より十センチほど高く、がっちりとした骨格。それだのになり痩せていて、ジャケットがだぶついている。この男、よほどの読書家らしいが、いったい何者だろう。笑顔は人懐っこいけれど、角ばったあごは意思の強さ、やや奥まった目は知的な輝きを感じさせる。

続いて、背丈が自分と同じぐらいの女性が奥から現れ、男にいった。

「保証金いつでもいいわ。ご都合のよろしいときで」

「そうですか」

男はそっけないほどあっさりといい、「シー、アゲイン」と丸岡に笑いかけ、出ていった。これが、アーネスト・ヘミングウェイとの最初の出会いであった。

「保証金といってたけど、ここは貸本もやってるの」

「奥にコーナーがあります。ご覧になります」

「ええ」

彼女について奥へ行くと、中庭に面し廊下がつづいており右の棚にたくさんの貸本がならんでいた。

「何か、お借りになります？」

「僕も、保証金持ってないんですが」

「まあ」

店の主任らしい彼女、呆れたという気持を、歯のキラキラした笑顔で見せた。つぶらな、かっと明るい青色の瞳、淡い茶の髪を短く斜めにカットし、頰にソバカスをちりばめている。

「今の彼、どんな本を」

「興味ありますの」

「小説家かな、いや天文学者かな、ボクサーかもしれないな。彼、八十日間世界一周を借りなかった？」

「ツルゲーネフとかドストエフスキーよ」

「彼、ロシア語出来るの？」

「いいえ、英訳本持っていったの」

「一つ、聞きたいことがあります。店にかけてある写真のこと」

二人はカウンターの方に戻り、丸岡が一枚を指さした。

「あれ、バルザックじゃないですか」

「そうです。お読みになりました」

「テキストで読む力はないし、翻訳はわずかしか出ていません」

「それでよくわかりましたね」

「ブルドッグみたいな作家と聞いていたのでね」

「そうそう」ぽんと手が打たれ、悪戯っぽい目が丸岡に向けられた。「ミスター・ヘミングウェイと大ちがいですわ」

「はあ?」

「さっきの彼のこと。大きな体して痩せてるでしょ。あの体じゃ人の倍は食べないとね。それで保証金を留保したのです」

いいながら彼女、また歯をキラキラさせた。丸岡はその無邪気な笑顔に気を取られ、ぼうっとしたらしい。数秒して留保という言葉が「リザーブ」と、英語で発せられたことに気づいた。こちらのフランス語が拙いから相手が気を利かせたようだ。それでは自分もヘミングウェイ氏に負けないほどの親切を受けようではないか。

「マドモアゼル」丸岡は彼女をそう呼んでから英語で持ちかけた。「あなたの英語は素晴らしい。今後あなたと英語の会話を、大いに楽しみたい」

カウンターの若者が本から目を上げ、ニヤッと笑った。こいつ、英語がしゃべれるらしい。彼女はというと、ごくごく真面目な顔で質問した。

「あなた、日本のお方?」

「そうですが」

「お国には、色好みのミカドの物語があるようで」

「源氏物語ですかね」

「あなた、そのミカドの血を受け継いだのではありませんか」

うーん、まいったな。どう切り返そうか、言葉に詰まっていると、二本目の矢が来た。

「わたし、大学で東洋の文学を教わりました。日本語も少し覚えました」

「たとえばどんな」

「あんたにひとめぼれ。おおきに。さいなら」

丸岡は、口があんぐり開くのを禁じ得なかった。脳ミソをやわらかな手でかき回されたようだった。あんたに一目ぼれをフランス語で言い返したいが、いえないので、自分のフルネームを名乗り「ときどき本を見にきてよろしいか」とぼそぼそつぶやいた。

「どうぞどうぞ、私の名はミレーヌ・オークレールよ。さいなら」

翌日にはまた出かけたくなった。本屋の前に来るとつい入りたくなる丸岡だが、あの書店ばかりはシテ島の下宿まで磁力を及ぼし、爪先をむずむずさせるのだった。それでも我慢し、三日のインターバルを置いて二度出かけた。ミレーヌ・オークレールは、どの客にも見せるであろうクールなやわらかさで「どんな本をおさがしで」「貸本はいかがです」と丁寧なフランス語で応対した。丸岡は女の心変わりに接したごとくがっかりし、ふん、これがフランス女というものかと腹で悪態をついた。

それから四日後の朝、丸岡はもうオデオン街に近づくまいと決め、昼食の後、支局へ顔でも出そうかと、セーヌ左岸へ渡りぶらぶら歩いていると、体が温まり気持よくなった。マロニエの並木が浅黄の空へ舳先を立てるように伸びている。薄紅のふわっとした花房、青緑の葉の繁り、二つが映発し合って輝き、妙なる絃楽を奏でている。

いつの間にか書店の前に来ていた。さて踵を返すべきかどうか。考えるいとまもなく目と目が合った。ミレーヌが軽い足取りで表に出てきた。

「マルオカさんに見てほしいものが」

「それじゃ、中へ入らなくっちゃ」

彼女は、その見せたいものを、表紙の金文字が薄れたボードレール詩集から取り出した。白い和紙に、楷書の字体で芭蕉の句が書かれている。「古池や」と「閑かさや」と「旅に病んで」の三句である。

「これ、日本の有名な詩人の作です」

「訳せます？　フランス語に」

「英語に訳すのも手に負えないいな」

「どうして」

「一つの詩でも難しいのに、三つもあるからよけいです」

「おー、一行詩ですか。わたし、翻訳してみたい」

「厄介ですよ。でも、どうしてもというなら、いくらか役に立てるかもしれない」

「ぜひお願いします」

「僕、明日から忙しくなってね。今日なら時間がとれそうだ」

ミレーヌは即答をせず、和紙を詩集に戻し、表紙の上で手をもじもじさせた。丸岡はここぞとばかり突き進んだ。

「何時に、どこで会います」

「おおきに。いま地図を書きます」

六時に会うことになったカフェ「ル・セレクト」は、ラスパイユとモンパルナスと、二つのブールヴァールが交差する角にあった。丸岡はその場所を足で確かめてから、時間つぶしに支局の方へ爪先を向け、途中ある計画を思いついた。

「よー、ヴィクトル・ユゴー君」会田支局長、今日は居眠りしていなかった。デスクから立ち上がって椅子をすすめ、こないだ不在だった橋本という記者を紹介した。

「そうだ、歓迎会をやろう。橋本君、今夜、空いてるか」

「はあ、たまたま空いてますわ」

二人がそうであっても、こちらには計画がある。それはこの場所に十分関わることであるが、この人たちは無用である。丸岡は十センチほど姿勢を低くした。

「今日まいりましたのは、一つ頼みがありまして」

「何だね」

「風呂に入りたいんです」

「なんだ、お安いご用だ。ゆっくり汗を流したまえ。ビールがうまくなるぞ」

「それが支局長、じつは僕……」

「ああタオルを持っていないのか。俺のを貸してやるよ、石鹸もな」

「ありがとうございます。恐縮ながら本日はそれだけで退社したいのですが」

「うーむ、うーむ、そういうことか」

支局長は丸岡の今夜の予定を察したらしい。いやそれどころか、より深くせんさくしたようで、ぶつぶつとこうつぶやいた。「男が清潔な体で行ったって、相手もそうだとは限らないね。何しろこちらの女はあまり風呂に入らんからな」それでも支局長、戸棚からタオルとセルロイドの箱に入った石鹸を出し丸岡に渡した。タオルは黄ばんで、カマボコくさかったが、これで洗っても体に染みつくことはあるまい。バスへは受付の女金太郎が案内してくれた。自分が入浴するがごとくいそいそと歩き、扉の前まで来ると、日本語で「どうぞごゆっくり」といった。丸岡は彼女の言に従い、ふやけるほど長く湯につかった。

ル・セレクトへは十五分も早く着いた。大通りに面し窓を連ねた広い間口。前のテラスはパラソルの下も野天の席も人でいっぱい。丸岡は中に入り、奥のカウンターの横に二人用のテーブルを見つけた。室内は白熱燈で明るく、調度類はチョコレート色、話し声は静かで、アカデミックな雰囲気があり、座るとしっくりシートにおさまった。ギャルソンが注文を取りにきた。丸岡は差し向かいの椅子を指し、手真似でもう一人来ると伝え、「六時ちょうどに」と付け加えると、ギャルソンは「運がよければね」といって片目をつぶった。

さて難題が待ち受けている。芭蕉の句である。自分は中学の授業で学んだだけだから人に講釈など出来ない。だのにミレーヌに調子のいいことをいってしまった。何とか、かっこをつけないとシェイクスピア書店に顔向けできない。ともかく一句を選び、それから思考しよう。そうするとやはり、一番ポピュラーな「古池や」であろう。

はてさて「古池」ってどんな池なんだろう。これは、古狸とか古靴のように言い慣らされた語句ではないな。しかし、古ぼけた池と言い換えても説明がつかないし、昔からある池、あまり手入れしてない池、人の訪れない池、どれをとってもぴったり来ない。

もっと具体的にイメージしてはどうか。たとえば周りに木があるかどうか検討してみると、ぜんぜん木がないずんべらぼうだと、池がただの水溜りにしか見えないのじゃないか。逆に鬱蒼とした木立に囲まれているのはどうか。木々が生い茂るというのは大地が若々しい証し、水もこんこんと湧き出で、美しいニンフの水浴が見られそうで、古池らしくない。

蛙の飛び込む水音はどうだろう。おいおい、その前に蛙はどこから飛び込むのか。池のへりの土の上からか、水中に突き出た岩の先か、これがモリアオガエルなら木の枝からだろう。いずれにしても、スタート位置が高ければポシャンとかピシャンの音になるはずで、古池の雰囲気にそぐわない。それではポチャンはどうか。これはこの句の景色に近いような気もするが、ポチャンというと垂直に落下する音のようで、「飛び込む」の勢いが感じられない。

ああ水音一つにしても難しいな。もしかすると芭蕉という人は、とこのとき、脳裡にひょんな想いが浮かび上がった。ベートーヴェンと同じように聴力を失くしていて、実際の水音は聞かなかったのではあるまいか。だとすると彼の聞いたのは、ポチャンとかのリアルな音ではない何か、さらにいえば、飛び込んだ一瞬後の余韻みたいなものではなかったか。

「おお、間に合ってよかった」

ミレーヌが弾んだ声でいった。前髪が巻き上がり、何本かは濡れた額にまつわりついて、わたし駆けて来たのよといいたげだった。丸襟のブラウスに、ベストとロングスカートをつなげたような洋服を着ていた。白と濃紺の組み合わせがとても清楚で、女学生のようだった。丸岡はこれまで相手を同い年ぐらいに考えていたが、初めて真正面に顔を合わせ、自分より若いなと感じた。頰の星砂子のようなソバカスがその思いをいっそう強めた。

ギャルソンが来て、まずミレーヌに聞いた。

「何になさいますか」

「カフェ・オ・レを」

「じゃあ僕も」

酒を頼もうと考えていた丸岡は無遠慮にミレーヌを見ながらたずねた。

「君は未成年？　まだ酒が飲めないの？」

「あなたはいくつ？」

「二十五だよ」

「わたしは二十三。大学は中退したの。だから東洋文学は門口までも行っていない」

「さっきの紙片、持ってきた？」

あらためて手にしてみると、榛原《はいばら》の和紙でもあるのか、ざらっとした手ざわりがあり、ところどころ黄ばんでいた。丸岡はまず俳句という短詩は五七五の十七音で言い切るのがきまりであると、英語で説明し、その後もおおかた英語を使った。

「古池や　蛙とびこむ　水の音」

丸岡は日本語でそう吟じてからはじめた。「古池」は「オールド・ポンド」。そうとしか訳せないのであるが、自身、古池がどんなたたずまいかわかっていない。「蛙とびこむ」は「フロッグ・ジャンプ・イントゥ」、「水の音」は「ウォーター・サウンド」とあくまでも逐語訳。

ミレーヌは眼を宙空に据え、うーんと一声唸り、もう一度、さらにもう一度と丸岡にくりかえさせた。そして、眼を元にもどすと、ゆっくりとした、内省的と見えるまばたきをした。

「この古池、どんな景色に見える？」

「うーん、よくわからないけど、水際に何本か枯木があって、池の水は暗くよどんでいる。蛙はたぶん水から頭を出した岩からさりげなく飛び込んだのじゃないかしら」

丸岡はこの情景描写をなるほどと感心した。講師としては褒め言葉の一つも与えてやりたいが、なにせ自分はインチキ講師である。うんうんとうなずくだけにしておいたら、ミレーヌが「ねぇマルオカさん」といって、ぐっと顔を寄せてきた。

「日本人、蛙を食べる？」

「食べないよ。お国みたいに」

「でしょうね。食べないからこんな句が作れるんだわ」

「君は詩を書くの」

「ええ。今度蛙の詩、作ってみようかしら」

「それなら、蛙を君の食材のリストから外さなくっちゃね」

丸岡はさっと次に移った。

「閑かさや　岩にしみ入る　蟬の声」

丸岡は逐語訳を三度くりかえし、何の講釈も加えなかった。ミレーヌは聞いた後、あごの上に手を組み合わせ、五分ほども瞑目していた。

「世界がとても広い、とてもコスミック」

丸岡はこのときミレーヌを京都・龍安寺に連れて行きたくなった。あの枯山水の虎の子渡しを見せたいな……。

「ジャン・コクトーを知ってる？」

「いいや」

「詩人よ。とても多才な人で、パブロ・ピカソとも友達。大戦中ピカソが鬱屈していたとき彼を誘ってロシアバレー団の巡業に加わり、ピカソに大道具を描かせたそうよ」

「ピカソなら知ってるよ」

「コクトーの詩にこんなのがあるの」

ミレーヌの口からひくくやわかな声が発せられた。舌の上を銀の珠が転がるようなその響き。さらに彼女はこの詩を英訳した。

「私の耳は　貝の殻　海の響きを懐かしむ」

後に堀口大學が右のとおりの名訳をつけた詩である。丸岡は、かたわらに無口な人がいて夏の怒濤を聞いている、といった構図を思い浮かべながら、感想は俗っぽいことをいった。

「南フランスへ行きたいな。だれか好きな人と」

ミレーヌはくすっと笑っただけでとりあわず、「コスミックといえば、最近こんな詩を読んだわ。ジュール・シュペルヴィエールというひと」

ミレーヌが視線を丸岡の頭より上げ、吟じだした、声に美しい抑揚があり、丸岡の瞼に海の青色が浮かび、濃くなったり薄くなったりした。まだ覚えたばかりなんだろう、ときどきつっかえていた。「魚」というこの詩を、のちに、やはり堀口大學の訳で知ることになる。素晴しくコスミックな詩だ。

深い入江のなかの魚の記憶、
君たちのゆつくりした思ひ出を、ここでぼくにどう出来ようか。君たちについては、僅かの泡と影としか、ぼくは知らない。

それに、いつかは、君たちもぼくのやうに死ななければならないのだ。

それなのに、君たちは、ぼくの夢になぜ現れるのか。

ぼくが君たちを救つてあげられるかのやうに。

海に帰りたまへ、そして、ぼくをこの乾いた土地に残しておきたまへ。

ぼくたちはお互ひの日々を混ぜ合せるやうには作られてゐないのだ。


ミレーヌはひと仕事終えたようにふーっと息をついた。頬が火照り目がうっすらうるんでいた。

「今の詩、僕はいつか理解するだろう」いおうとすると、ミレーヌが「そろそろ行かなくっちゃ」頭をぺこんと下げ、その理由を簡潔に説明した。自分には対人恐怖症の弟がいる、市役所に勤める母が今日は遅くなるので、夕食を作らなくてはいけない。あなたに来てもらおうかと考えたけれど、かえって気を使わせてもわるいし、というのだ。

「対人恐怖症じゃ、弟さんが嫌がるだろう」

「でも、弟もしゃべらない、あなたもフランス語上手にしゃべらないから、お互い気楽でいられるのではとも思ったわけ」

「やっぱり今夜は遠慮しておこう」

二人は椅子を立ち、どこかで晩飯をとらねばならぬ丸岡は店の前で別れることにした。このときミレーヌが抱きつくほどに接近してきた。

「ミスター・マルオカ、お風呂に入ってきた?」

「ああ一応。でもどうしてそんなことを」

「石鹸の匂いがする。とてもいい匂い」

ミレーヌは歌うようにいい、きびきびした足取りで消えて行った。

2章

一九二＊年五月

シャンゼリゼの大通りは、かつてギロチンの行われたコンコルド広場から凱旋門へおよそ二キロ、車道は飛行機の滑走路ほどもあり、左右の遊歩道もゆったりと広い。まっすぐ伸びた一本道に、並木の青葉が日に照り瞼に光と影が躍る。

丸岡は或る夜、モンマルトルの帰り、コンコルド広場でタクシーを降り向かいのチュイルリー公園へ足を運んだ。この公園、一つの島のようでもあり、奥行きが一キロぐらいある。庭園の真ん中の道をふらりふらりと歩き、端近くまで来て、あれっとのけぞった。目の前に凱旋門があるではないか。晩飯にグラス一杯のワインを飲んで酔っ払ったのか。いや、清酒五合でも平気な自分が見間違えるはずがない。たしか凱旋門はあっちのはずと振り向いたら、やはりそちらにもあった。煙ったようなオレンジの光をまとい、これをご覧よとばかり優雅に立っている。後で知ったのだが、公園の凱旋門は「カルーゼル」、遠いほうは「エトワール」と呼ぶのだそうだ。丸岡は何だかフランスの洒落っ気と底力を見せられたような気がした。

シャンゼリゼ通りは車も人も銀座尾張町の倍ほど賑わっている。車は自動車ばかりか乗合馬車、大八車も堂々と通行していて、早く進めと急かせる車の警笛の、パプパプと間の抜けた音。

人出はパリ市民と旅行者が半々ぐらいか。丸岡はファッションに疎いので、色の派手なのが旅行者と分類しているが、今日びそうでもないようだ。足取りの早いのが市民かといえば、これまたそうでもなさそうだ。沿道は色んな商店、カフェ、レストランなど、万人の足をゆるませるだけの色彩に溢れているからだ。

ベルエポックといわれる、二十世紀初めの麗しき十五年間、男はシルクハット、女はホブルスカートとかいう幅の広い股引みたいなスカートを穿いて、得意がっていたらしい。

大戦後は奇抜な恰好は姿を消したようだが、むろん例外はつねにあってしかるべきで、実際に一つの例が燦然と存在している。もっともこれはファションの範疇に入らぬことかもしれない。なにしろその姿、ほとんど裸なのだから。

姿の主は、ジョセフィン・ベーカー。新人歓迎会の名目で、会田支局長が拝顔する機会を与えてくれた。「シャンゼリゼ劇場に行こう」といわれついていくと、そこはシャンゼリゼ通りからかなり離れた所にあった。中に入ると、ドーム天井いっぱいに大輪の白菊が光り輝いている。

そんな照明を目にしただけで、丸岡は息を呑んだ。「ここでストラヴィンスキーが『春の祭典』を初演したんだ」支局長は謹厳な顔で説明し、「今日の演し物にオーケストラは必要かな」と疑問を呈し丸岡の膝をつついた。

日本には洋楽を伴奏に大勢の人間が踊りを見せる芸能がまだ存在していなかった。日劇でラインダンスを見たのはずっと後のことで、何人もの女が舞台に現れ跳ね踊るのを見て、丸岡はまた息を呑んだ。上は乳当て、下は逆三角形のパンツだけである。誰のどこを見てよいのやら、丸岡は目の焦点を合わせかねた。これまで女の裸といえば、靖国神社の招魂祭に「半美女半人魚」を見たときだけである。だがあれは上半身に薄い布を巻き下半身に鯉幟みたいなハリボテをつけていた。中学生の丸岡はそれでも破裂するほど胸をドキドキさせた。

ダンスは強烈、伴奏はジャン、ジャン、ジャカスカ、チンドン屋を巨大化したようだった。踊り子は上半身をばらばらになりそうなほど揺さぶり、脚を真横に跳ね上げる。つけている布が吹っ飛ばないのが不思議なほどである。「チャールストンというんだ」「アメリカのダンスで？」「生まれたばかりのほやほやさ」。

ジョセフィンが登場すると、伴奏の音が低められた。オーケストラは必要かな、と支局長がいったのはこのことか。場内の照明も弱められ、彼女だけに砲火を浴びせるようにライトが当てられた。丸岡は息を呑むどころか、息が止まった。網膜に、いきなり全裸が映ったのだ。目を凝らすと、はち切れそうなししおきのなか、胸と腰の一部をひも状の物が隠している。丸岡はまばたきするのも惜しくなった。「パリに来た甲斐があったろう」「はい」「彼女、スペインとアフリカの混血だよ」「国籍は」「アメリカだよ」。

淡い金色のライトの中で、琥珀色の肌が輝き、南国的な野生の香りをかもしている。スペインとアフリカ双方の血を神様が絶妙に調合したのであろう。

ジョセフィンは後に歌手としても活躍するが、このときは踊りだけを見せた。伴奏はアフロリズムばかりかワルツやタンゴもあり、踊りはそれにぴたっと合って絢爛多彩。フィナーレは丸岡の眼をいっそう惹きつけた。静から動へと移るしなやかな所作、それからしだいにテンポを上げつつ肉体を純化し、エロスの高揚へと爆発させてゆくのだ。

一つ、丸岡によくわからぬことがあった。彼女が腰紐に何本もバナナを下げていることで、バナナはどれも元気に反り返り、激しい腰の動きにも落とされなかった。いったいどんな結わえ方をしているのだろう。いやそれよりも、彼女が何のためにバナナなどを腰に下げるのか。女体の美の極致と男のシンボルとしてのバナナ、という風に見ると単純な答えが得られそうだが、それだけではないだろう。人の度肝を抜く逞しいユーモア、そして何よりも彼女の心意気というものがそこに凝結しているのではないか。後年、ジョセフィンが人種差別に立ち向かう姿を見て、丸岡はあのバナナを思い出した。

ショウが終わり支局長に感想を聞かれ「息を呑みました。バナナも面白かった。しかし、あれ、何のために下げてるんですか」逆に聞き返すと、「あれはな、踊った後食べるためだよ。揺られ揺られて青いバナナが食べ頃になる」と澄まして答えた。

ル・セレクト以来ミレーヌの顔を見ていない。書店のすぐ近くまで行っても、つい踵を返してしまう。店よりの磁力は前よりうんと強いのにそうなるのは、彼女にどう対してよいかわからないからだ。何食わぬ顔をして「六時、セレクトで待ってるから」と一方的に決めてしまう、といった芸当を丸岡は持ち合わせていない。

自然、爪先はリュクサンブール公園へと向かう。ここで二度、腹空かしの米国青年、ヘミングウェイの姿を見かけた。二度とも広大な芝生の前の、同じベンチに腰かけていた。一度目はノートにペンを走らせていて、プラタナスの大木に半分影となった彼が、虚構世界に没入しているように見え、近寄れなかった。

二度目は向うから手を上げ「やあ」といった。丸岡も「やあ」と応えると、尻の位置をずらせ、ここに座れよと手で示した。

「いま、ジュズカケバトをどうやって捕えようか研究してたんだ」

「ハトを捕えるだって」

「お腹に入れるのさ。ドンゴロスの袋とトウモロコシが何粒かあれば簡単に捕れるんだが、問題は何時頃それをやるか、だよ」

「人に見られちゃまずいよね」

「彼ら、夜はねぐらに帰るから、やはり、かはたれどきかな」

「君、公園のハトを食ってること、誰かにしゃべった？」

「公言はしていない。しかし、そんなにまずいことかな」

「保証金なしで本を借りられなくなるよ。シェイクスピア書店の彼女、君の空腹に同情しなくなる」

「おおミレーヌ嬢か。君、あの子が好きか」

「いや、そういうあれじゃない」

「こないだ、日本のナイス・ガイ、どうしてると聞いたら、知らないわとつっけんどんにいった。どうもあやしい」

「僕の名、ナイス・ガイじゃなくて、マルオカというんだ。ミレーヌ・オークレールとはただの友人さ」

「彼女、俺にはフルネーム教えなかったぜ。まあいいさ。ところで、日本じゃ殺生は禁じられているのか」

「かつてはね。今でも仏教の或る宗派は肉、魚を禁じている」

「何を食ってるの」

「豆腐といって大豆を加工したものとかだ」

「それで活動できるのかな」

「妻帯は禁じられている」

「だろうな。妻帯は重労働だからね」

「しかし修行はすごく厳しいよ。睡眠時間は制限され、ザゼンという不動の姿勢をとらされ、居眠りしたら棒で叩かれる」

「おお、やってみたい、日本へ行きたいな」

「公園にハトもいるよ。ただし日本人はハトを食べない」

「カエルもか」

「そうカエルも」

「フランス人がクルルルと喉にかかった発音をするのはカエルを食べ過ぎたせいだね」

ヘミングウェイは試しに喉を鳴らそうとし、これは失敗したが、ついでに上着のポケットから紙袋を取り出した。「これなら日本人も食べられるはずだ」いいながら中身を丸岡の手に乗せた。焦げ茶色をした小粒の焼菓子であった。

「ありがとう、いただくよ」

さくっと嚙み心地がよく、あっさりと甘かった。

「とてもおいしいよ」

「女房が焼いたんだ」

「君、妻帯者だったの」

「そう、俺、重労働者だ」

「こんなおいしい菓子を食べられるんなら、それもいいな」

「君、ライオンは好きか」

「え、えっ」丸岡は現下の話題から彼の妻を連想した。「奥さん、ライオンに似てるのか」

「いやいや」ヘミングウェイは膝を叩いてよろこび「あれはライオンじゃなくて、ヤマネコさ」

ニヤッと笑い、それから急に真剣な目つきになった。

「ライオンを殺すのは罪悪だろうか」

「君、ライオンも食べるのか」

「そうじゃなくて、闘うんだ、一対一で」

「素手でか」

「対等の条件でやるんだ。だから人間は銃を持つ」

「しかし、そんなこと、何のために」

「さっき君がいった仏教の宗派、何ていうの」

「禅だよ」

「禅はなぜ殺生を禁じるのか」

「よくは知らないが、人の命も動物の命も天から授かった同等のものと考えるんではないのかな」

「人もライオンも同価値と見るのは同感だな。ライオンは体じゅうが武器、こちらは弾丸を一発だけこめる。この一発で相手を倒さなければこちらがやられる。これでも殺生になるのかな」

「さあどうだろう。しかし君、ライオンはむやみに狩猟はしないのじゃないか。腹が空いていないライオンに戦意が無いとすれば、君と対等じゃないわけだ」

「君にはまいったなあ」

「それでも挑まれれば、相手は闘わなければならない」

「考えてみると、人と人との争いもそんなものかも知れないな。カエサルもナポレオンも大義名分をかざしたけれど、戦場で敵にまみえた兵士はそんなもん何の役にも立たない。兵士が相手に向かっていくのは、恐怖をいっぱい孕んだ野生の血ではないだろうか」

「君、戦争を経験したの」

「先の大戦でイタリア戦線に志願してちょっぴりな」

「まあ、君は野生の血が多過ぎるようだから、豆腐をたくさん食べるといい」

「君、作ってくれるかい」

「作り方はだいたい知ってるけど、作ったことがないんだ」

「どうして」

「じつはあれ、あまり好きじゃないんだ」

「ひやー、あきれたね。君って、いい加減な人だよ、まったく」

いいながらヘミングウェイは椅子を立ち、「本当はね」と神妙な声でいった。

「さっきライオンに対し、弾を一個込めるといったろう。じつは二個なんだ。そのうえ、まだ闘ったこともない。俺もいい加減な男だよな。それじゃグッバイ、また会おう」

いい加減といわれれば、そのとおりだった。そもそもパリに来たのだってそうで、確たる目的などなかった。ただ、ぼんやりと脳裡にある、その一つとして街のヴァイオリン弾きがあった。小学校一年でこの楽器を習い始めてからずっと持ち続けてきた夢で、日本では叶えることが出来なかった。祖父に育てられた丸岡は、この人には優等生を演じてしまい、そこまで突き進めなかったのだ。

祖父は、孫がヴァイオリンを続けられるのは、性格が勤勉なのと唐沢先生の指導のおかげだと思っていたようだ。たしかに先生はソリストもやるほどの演奏家だったが、浪花節もうなった。先生が「旅ゆけば――」とやる度に、街で弾きたいという丸岡の願望は大きくなった。

もう一つ、これが一番大きな要因であろう、母の存在がある。母は丸岡を私生児として産み、丸岡の物心がつかぬうちにどこかへ出奔した。自分はこの母の血を受け継いでいるらしい。

パリ住まいに少し慣れると、日本で眠らせていた血が騒ぎだした。そうだ、生まれて初めての生演奏を、花の都においてやらかそうではないか。いっそのこと、これに仮装も加えて。

そうそう、仮装といえば……幼い頃からのあれこれが思い出される。商店街に来るチンドン屋や氏神の祭りのお稚児さん、学芸会の太郎冠者次郎冠者など、やりたくてうずうずしたものだ。一番やりたかったのは男のスカート姿、スコットランドのキルトをつけ、英国大使館の前でバグパイプを吹くこと。こんな仮装趣味もやはり、母親の逐電と、父親がどこの馬の骨だかわからない不安定さからくるものなのか。

大学入学を前にした春休み、丸岡は京都で雲水姿になろうと思い立ち、衝動を抑えきれなくなった。祖父に学問の成就を東寺の仏さまに祈願してくるといって旅費を出させ、夜行列車で京都に着くと、その足で西本願寺前の仏具屋へ足を運んだ。「お仏壇どすか」「いいえ、雲水の扮装一式を」「おたく、どこのお寺に入らはんの」「ここは特定の宗派だけを扱ってるのですか」「そやないけど、頭伸ばしてるの、どういうわけ」「僕、革新的な僧侶になりたいんです」「雲水はそうはいきまへんで」「じつは僕、芝居で雲水をやるんです」「なんや、そうかいな」おばさんは紺色木綿の衣から草鞋《わらじ》まで一式を揃え、最後に網代笠を手にとった。「ちょ、ちょっと待ってください」頭に、突然炎のごとく或る考えが閃いた。そうだ、坊主頭になろう、いままで一度もなったことがないから、これこそ仮装ではないか。「あのう、笠はいりませんわ」「へえー、なんで」「頭、坊主にします。真実味を出すために」「おにいさん、役者根性あるんやね。すぐそこに散髪屋があるし」丸岡はその場で、おばさんに教えてもらいながら雲水姿になり、着ていた学生服は丸めてリュックに詰め込んだ。

五軒ほど先に床屋があり、入ってゆくと理容椅子に居眠りしている男が一人いて、店主らしかった。鏡に映ったしわ加減が仏具屋のおばさんと同級ぐらいに見えた。「こんにちは」と大声でいうと、ぶるっと肩を震わせ「びっくりするがな」と文句をいった。「髪を刈ってほしい、ばっさりと」「へぇへぇ」おやじは自分の座っていた箇所を手の平で拭い、黄ばんだ布を一度払ってから丸岡の首に巻きつけた。「初めてやね」「そうです」「刈り方は」「だから、ばっさりと丸坊主に」「うへぇー」大げさに天井を仰ぎ、「やめときぃな、坊ちゃん刈りにしといたら」と提案した。「それ、本山が許しません」「丸刈りにしたら女が寄りつかんと思うのは大間違いや」「そのほうが持てるんですか」「そこの本願寺の小僧さん、くりくり頭にしてやったら舞妓さんが惚れてなあ、えらいこっちゃった」「それそれ、くりくり頭にしてください」「知らんでぇ。わしは腕がええさかいな」夜行列車の疲れでぐっすり寝てしまい、肩を揺すられ目を覚ました。

「どうや、気に入ったか」

「はい、先が思いやられます」

「ええ気になったらあかん。舞妓に持てん程度に仕上げといたさかいな」

頭を撫でながら床屋をあとにし、京都駅まで行ってリュックを預け、駅前から銀閣寺行の電車に乗った。若い僧侶であることを意識し姿勢を正し立っていたら、前の座席から声をかけられた。中年男の二人組で、カンカン帽をかぶり、それがどちらも相当くたびれている。

「坊さん、ほやほやの一年生やな」

「これから入山しはるんか」

「かっこからすると禅宗やな」

「相国寺あたりかな」

丸岡は唇に指を立て、返答無用の意思表示をしたが、お構いなしである。

「臨済は修行がきついから、やめたほうがええ。今からでも遅うないわ」

「そういえばあんた、禅門に入って三日目に逃げ出したんやったな」

「母親、恋しうてな」

「そのくせ、すぐに母親の所へ行かんで、五番町の何とか楼に上がったんやったなあ」

「坊さん、あんたも入山する前に五番町に行きなはれ。人生、おもろう生きんとな」

どうやらこの二人、こちらをニセ坊主と見破ったようだ。丸岡はすっかりやる気をなくし、その日の夜行で東京へ戻った。祖父が頭を見て「それ、どうした」とたずねた。「これ、東寺の仏さまに誓った証しだよ」丸岡はつるんと頭をひと撫でし、二階の自室へ逃げ込んだ。

さて、話をパリにもどすと、下宿の隣のレストラン、店主はシャルルおやじと呼ばれ、立派なカイゼルひげの大男、なかなかのコスモポリタンにして丸岡より上手に英語を話す。或る日遅い昼食を食べ終わり、自分一人になったのを見て彼に相談を持ちかけた。「一つ、頼みがあるんだけど」「いいとも、金か女かホームシックか」「芝居っ気のある青年を一人紹介してほしい」「男か」「そうだ」「ふーん。あんた、女役をやるのか」「それ、どういう意味」「こういうこと」くねくねと腰をひわいに回し、片目をつぶった。「ちがうったら。じつをいうと、仮装してヴァイオリンの路上演奏したいんだ」「面白いな」「一人じゃさびしいから、家来をやる若者がほしい」「仮装ってどんな恰好するんだ」「自分は日本の着物、若者はナポレオンの軍服なんか」おやじはぽんと手を打ち「コメディ・フランセーズの研究生はどうだ」「結構ですね」「衣裳はどうする」「出来れば、持ち込みでお願いしたい」「費用はどのぐらい用意できる」「五百フラン」「うん、それでオーケーするだろう」「失礼ですが、あなたへのお礼は」「そんなもん、いらんよ」

三日後、おやじの店で青年を紹介された。「名前は何ていうの」「ジュリアン・ソレルです」胸を反らせて答えた。スタンダールの創造した、りりしくたくましい青年と同じ名前にしては痩せて貧相な体をしている。ナポレオンの軍服を身につけたら、ワーテルローの生き残りに見えそうだ。それでも声の大きさは進軍ラッパなみだから、風体の貧弱さと声のでかさを併せ考えると、家来役にはもってこいだ。

肝心の演じる場所であるが、これも定食屋と相談して決めた。「『ドーム』の前の歩道がよかろう。あの店はアメリカの田舎もんが多いから格式ばったことなんかいわないぜ」おやじが太鼓判を押した。

挙行当日、ジュリアン青年は丸岡のシナリオどおりナポレオンの赤い軍服に、例の横長の帽子をかぶり、サーベルひと振りを腰に下げてきた。「どれどれ」とこの刀を手にとると、剣道の木刀より軽くて、中身はブリキ製らしかった。コメディ・フランセーズの倉庫から持ってきたのだろう。丸岡はといえば、祖父のお古の紺絣に雪駄履き、母国では貧書生を絵に描いたような恰好だけど、パリじゃそうも見えまい。

カフェ「ドーム」は例のセレクトから北へ三百メートルほど、ラスパイユ大通りにある。広い間口の店の前に何列もテラス席を設け、白い制服のギャルソンが卓と卓の間を、手品師さながら盆をかかげ縫い歩いている。

丸岡はヴァイオリンを引っ提げ、胸を反らせてカフェの前に立った。斜め前に家来のジュリアンが片膝をついて侍している。早速白服のギャルソンが目をキョトキョトさせてやって来た。丸岡は用意していた、相場よりやや多目のチップを渡し、「ここで三曲弾かせていただきます。あなたも大いに楽しむといい」と言い添えた。

ジュリアンがすっくと起立し、シナリオどおり幕開きの挨拶をした。ナポレオンの軍服とラッパのような大声が客たちを路上に向けさせた。

「こちら、マルオカは、日本を代表するヴァイオリニストにして、ミカドのお友達であります。このほどミカドの意を体し世界平和祈念のため各国を巡っております。三曲、心をこめて弾きますので、耳を開いてお聞きください。まずは日本の国歌『君が代』です。平和の治世が永久に続くようにと願う歌です」

丸岡は生まれて初めてのライブに緊張し、胸のふるえが指先にまで伝わるのを感じた。それがかえって適度のヴィブラートとなり荘重感を出せたのか、周りがしーんとした。しかし、現象としては聴衆の大半がきょとんとしたまま、拍手もあまりなく一曲が終わった。

「次はフォスターの『草競馬』です」

ジュリアンがそう告げるや、カフェは火がついたように騒がしくなった。客の半分以上がアメリカ人なのか、口笛を吹くもの、足を踏み鳴らすもの、中にはストローハットを放り上げるお調子者までいた。丸岡はすっかり緊張が解け、アメリカの陽気な軽さに合わせ、弦をキーキーいわせた。

最後はフランス国歌「ラ・マルセイエーズ」。丸岡は今度こそ荘重に弾くことが出来、かつ軽快さもまじえ、われながら上々の演奏だと思った。たしかに数人が立ち上がり、手を振り振り歌い、おしまいにそれなりの拍手も受けた。こうした反応を見ると、アメリカ人といっしょになってバカ騒ぎなんかしたくない、フランス人の心情がよくわかる。

「さて皆さん」ジュリアンが最大限の声で客席に呼びかけた。「今からお席を回らせていただきます。世界平和に役立てるためです。どうか気前のよいご寄付をお願いします」

ナポレオン帽を裏返しにし、それを金受としてジュリアンが客席を一巡し、ライブは終了した。ちなみに、帽子に入った上がりは、ジュリアンと定食屋と丸岡の三人で均等に分配し、世界平和へまで行かなかった。

次の日曜の朝、丸岡は隣の定食屋へ出かけた。注文したのはクロワッサンとカフェ・オ・レといつもどおりなのに、オムレツの一皿を加えて持ってきた。「これ、何」と聞くと、おやじ、肩をすくめてニヤッと笑った。先日の分け前のお返しらしい。

食べ終わり外へ出ると、空気が肺の奥まで沁み入り、息が自然と深くなった。空は広やかに澄み、まじりっけないその青さに眼球まで染められそうだ。たった一つ空をさえぎるもの、それはノートルダムの大聖堂で、西側から見ると、構えがどっしりとし、難攻不落の砦に見える。

私はどうしてかまた仮装がしたくなった。そうだ、坊さんの作務衣をまとい、ヴァイオリンをお伴にしよう。すぐに下宿へ引き返し、二年前上野で揃えた一式を身につけ、ヴァイオリンをケースのまま襷掛けにして背中に背負った。

シテ島の南の河べりを西の方へゆっくりと歩く。右側にサント・シャペルの礼拝堂。壁を少なくし、ステンドグラスという宝石をいっぱいつけたゴシック建築。

そこから島の端まで五分とかからなかった。先っぽが競艇の舳先のようにとがり、水流が渦を巻きながら速度をはやめている。流れの変化がよい釣り場となるのか、何人か長い継ぎ竿を使い遠くへ糸を伸ばしている。釣果はどうだろうと河面を眺めていたら、頭上で木の葉のざわめく音がした。目を上げると、燈台のように佇立する栗の大木で、風と青葉と木漏れ日が合奏し、喜遊曲を奏でている。

よくあることだが、釣りを見ていて魚がかからないと、こちらが後ろめたい気分になる。今日はそうならぬうちに切り上げ、右岸へ渡ることにした。

橋の名は「ポン・ヌフ」。新しい橋の意であるが、その下をたくさんの水が流れ、セーヌで一番古い橋となった。丸岡は中程で足をとめ、下流の方へ顔を向けた。何台か艀《はしけ》をつないだ曳き船が流れを下り、蒸気船がポンポンと乾いた音を立てる。水は薄茶に濁り、ところどころ波立ってキラッと光る。あっあそこに魚が、と丸岡はつい思ってしまう。

岸辺へ目を転じると、都市計画の見事さを思い知らされる。右岸も左岸も隈なく大木が整列し、緑の砦となってセーヌを護衛している。

丸岡は十分ほど橋上にいて、当面の行き先を決めた。先日、夜に立ち寄ったチュイルリー公園なら、ルーヴルの裏を通って七、八分で行けるはずだ。もうこの辺は、明神下界隈と同じほど頭に入っている。

人の通りは散歩には適度なほどで、その歩調もみんなのんびりしている。パリジャンは他人に無頓着といわれるが、こちらの風体を見て知らん顔する人は少ない。驚き、好奇心をあらわにし、中にはあわてて目を伏せる者もいる。丸岡は祖父から聞き覚えの謡曲の一節をうなりながら歩いてゆく。

チュイルリー公園の西門の前で、とうとうつかまった。カウボーイ・ハットをかぶり英語を使ったからアメリカ人にちがいない。「あんた、日本人か」「そうだ」「その恰好、武術をやっているのか」「まあな」「人を殺《あや》めたことがあるか」「ライオンなら殺したけどね」「なぜヴァイオリンをしょってるんだ」「これはビワというんだ。人を殺したときはこれを弾いて霊を弔うわけ」ナムアミダブツを唱え合掌したら、このヤンキー、逃げるがごとく行ってしまった。

この公園も周囲を大木でかためている。カシ、クス、ニレなど、伸びるにまかせた自然さがあり、セーヌ河岸とは趣を異にしている。クスは今が葉の生えかわる時期なのか、若葉の黄と濃い青が半々ぐらい、遠目にはそれが木立をカンヴァスにしたモザイク画のように見える。

ここは奥深く、広大な芝生のひろがるフランス式の庭園。門から入ってゆくと、芝の緑をまともに受けて目がくらみ、瞼に光が溢れた。一瞬、夏の湖水を目にしているような感覚をおぼえながら、足は先夜のとおり動いたようで、中央の遊歩道を歩みだしていた。

ぶらぶらと歩き中程まで来たとき、少し先に家族連れらしい三人が目に入った。おやっと思うや、中の一人が飛び出し、スカートをひるがえし駆けてきた。ミレーヌ・オークレールだった。そういえばここから遠くないマレ地区に住んでいるといっていた。

「おおマルオカさん、こんなところで何を」

「べつに何も。オムレツを食べたあと散歩に来た」

そこへ家族が追いつき、ミレーヌはあわて気味に弟のアルベールを紹介した。「こちらマルオカさん」といってから「書店のお得意さんよ」と付け足した。丸岡はお得意様顔を作れず、「初めまして」とだけいって軽くお辞儀をした。アルベールもちょこんと頭を下げ、それから目をぱっちり開き丸岡を観察した。作務衣に興味を抱いたようだ。

「マルオカさんはね、あまりフランス語をしゃべりたがらない人、あなたも同じくしゃべらない人」

耳に入ったのかどうか、アルベールはもう遠くへ視線を向けていた。

もう一人の家族は、間違いなくミレーヌを産んだその人である。細身の体つきといい、笑顔の人懐っこさといい、ミレーヌそっくりだった。

「ママ、こちらほら、日本人のお友達が出来たといったでしょ、そのマルオカさん」

「ええ、聞きましたとも」母親はすらすらといい、「わたし、アルベールともう少し歩くから、それじゃここでね」娘の背中を押し、丸岡には「よろしく」と首をちょこっと傾げた。

丸岡はミレーヌとならんで、これまでと同じ方向へ歩きだした。

「ねぇ、マルオカさん、その服装、何なの」

「何に見える」

「あの短詩、古池や、に何か関係ある？」

「うーん、どうかな。これ、僧衣の一種なんだ」

「あなた、坊さんだったの」

「いや、まだだ。修行に入ったら街を歩き回り、施しを受けようかと考えている」

「あなた、パリでそれをやるつもり？」

「施しをいただいても、それを受ける鉢を持っていない」

「市庁舎のデパートへ行って、適当な大きさの菓子鉢を買えばいいわ。ついてってあげましょうか」

ちらっと見ると、ミレーヌの眼が茶目っ気にくるっと動き、こちらの背中にも気づいた。

「あなた、ヴァイオリニストでもあるの？」

目つきががらりと真摯になった。

「まあ、一応はね」

「ラローの『スペイン交響曲』弾ける？」

ラローの名前は知っているが、曲は聞いたこともない。

「うーむ。全曲弾くのは無理だと思う」

「わたしの父、ヴァイオリニストで、オーケストラのコンサートマスターだったの」

「亡くなられたの」

「わたしが十五歳のとき、お腹の腫瘍でね」

「そうお……」

丸岡はこの楽器を携えてきたことをいたく後悔した。ミレーヌにとってヴァイオリンは父のしるし、そのものにちがいない。先日この男が「ドーム」でやらかした茶番を知ったら、どんな顔をするだろう。とにもかくにも話題を変えなくてはならぬ。目をきょろきょろさせていると、救い主が向うからやって来た。しっかりと手をつなぎ合った二人組で、ミレーヌが手を振ると、向うの女も空いてる手を振った。

「マリ、元気そうね」

「ミレーヌ、何年ぶりかしら」

「あら、そうだった。たしか去年、ル・セレクトで」

「会ったかしら」

「あなたもわたしも、お互い、一人だったわね」

ニャオー、ニャオー。ミレーヌが小さく鳴くのを、丸岡は聞き逃さなかった。マリは焦り気味に「こちらリセの同級生」とミレーヌを紹介してから「この方はアルジェからの留学生、向うでは宝石商の御曹司、ソルボンヌでスタンダールを研究しているの」と連れの素性を明かした。ミレーヌがやにわに丸岡の手をとり、目前の男女と同じ、相思相愛風のポーズをとった。

「こちらの方は『パルムの僧院』で修行しようと渡仏して来たの。それがスタンダールの作り話だと知らなかったわけ。それで仕方なくパリで乞食坊主をやろうとしているの。それじゃマリ、一年後ぐらいにまた」

ミレーヌ・マリ会談は案外と短時間で終わり、丸岡とミレーヌはまた歩きだした。手はつないだまま、丸岡はこんなことをいった。

「君は一年前、ル・セレクトのテラスに、僕とは別の男といたね。ニャオ、ニャオ」

「ノン、ワン、ワン」

「今、何ていった？」

「ちがう、一人だ、一人だと犬が証言したの」

遊歩道には噴水の池があり、それを囲むスペースにベンチが置いてある。丸岡はふと、ある考えが浮かんだ。

「ミス・ミレーヌ、君の左手で僕のヴァイオリンを下ろしてくれないか」

「自分で出来ないの」

「片手が君の手と結ばれている。僕は二人のこの形を大事にしたい。すると、もう一方の手で背中から下ろさなきゃならないが、不器用な僕にはそれが出来ない」

「わたし、いつ手をつないだんだろう」

ミレーヌはぱっと手をほどいて丸岡の前に回り、ケースのベルトをゆるめにかかった。

「ストップ。あとは自分でやるよ。右手を自由にしてくれたから」

丸岡は自分で楽器をはずしながら、空いてるベンチの方へ歩を運んだ。

「しばらくここを借りるとしよう」

丸岡はベンチの横に楽器を立てかけ、ミレーヌに提案した。

「座禅をやろう」

「ザゼンって」

「仏道修行の一つでね、これをきわめると、自身が空になり、宇宙の中に包摂されるんだ」

「浮世の悩みから解放され、澄んだ空気のようになるわけ？」

「そう、そのようなこと。僕のこの恰好はそれをやるためのユニフォーム。君の今日の出で立ちもぴったり決まっている」

「この服装がどうして」

「スカートがひらひら開いているからね。タイトにしまっていると、脚を百八十度開けないだろう」

「脚を開く、ですって」

「開いても、その広いスカートの中に、きっとおさまるよ」

丸岡は上野の禅寺で何度が座禅のまねごとをしたことがあり、まず「結跏趺坐」の手本を示した。これはあぐらを組み、右足の甲を左足の太腿に乗せ、足の裏を天に向かせるという第一ステップ。ミレーヌはいそいそと靴を脱ぎ、ベンチに尻を下ろし、両足を同時に上へあげて交叉させ、あわててスカートをそこにかぶせた。体がゆらゆらして、引っくり返りそうだ。丸岡は厳かな声で訓戒を与えた。

「ベンチの背もたれは無いと思いなさい」

どうにか座位が保てるようになるまで五分はかかった。先天的に股関節が硬いらしく、スカートの中で足がもぞもぞ動いている。猫にかんぶくろをかぶせたようだ。

「やはり足は外に出していないと、まずい。結跏趺坐になっているかどうかわからないからね」

「わたし、スカートを上げるの」

「君がそうしても、僕は足首より下しか見ない。絶対にね」

「ちょっと目をつむってて」

ミレーヌは小さな声でいい、丸岡はそれに従ったが、ほんの二秒ほどで目が開いてしまった。スカートが上へ上へとたぐられ、乳色をした、ぷりぷりしたししおきが現れ、丸岡はそこでふたたび目を閉じた。

結局、ミレーヌは結跏趺坐を達成することが出来なかった。太腿に乗せた足の甲を上に向かせようとすると、引っくり返りそうになりスカートがめくれかかる。

「とりあえず、次に移ろう。目を閉じたまま無念無想、呼吸のみに意識を集中させること、その意識を体の全感覚にひろげること」

二人は無言の行に入った。丸岡は偉そうに能書きなど垂れたが、片時も俗念から離れられない。何分かして男の声がアポリネールを口ずさんで通り過ぎた。

「ミラボー橋の下　セーヌは流れ　思い出もまた流れゆく」

また何分かして、ベンチの前に中型のプードルが来て、丸岡の足ばかりをくんくん嗅いだ。たぶん牝なんだろうが、頭のてっぺん、四肢の付け根に毛を盛り上げ、そのほかを刈り込んで盆栽仕立てにしていた。

何よりもミレーヌである。触れ合わんばかり近くにいる彼女が深く息を吸う度に、その行きどころである胸のふくらみを想い、心臓がドキドキした。途中二度、バランスを崩したのかミレーヌの肩がこちらの肩に当たった。

そして三度目、これはわざとだろう、彼女の上半身が徐々に傾いて丸岡に寄っかかり、「いい気持」とつぶやいた。

座禅を終え、二人は地面に足を下ろした。ミレーヌは一度立って衣服を整えると、こんなことを言い出した。

「ねぇマルオカさん、アルベール、変じゃなかった」

「いや、べつに」

「あの子、リセの三年から学校に行けなくなったの」

ミレーヌがぽつぽつと次のような話をした——今二十歳だけど、人が怖くて外へも出たがらない。家族、といってもわたしと母だけだけど、わたしたちともあまりしゃべらず、お腹空いた、部屋の電球切れてるよ、ぐらいしか話さない。家庭教師をつけようとしても部屋にこもって出てこなかったし、ある精神科医に頼んで父の旧友の音楽家ということにして家に来てもらった。勘のよい子だから医者とすぐわかり、「僕、どこも悪くないですよ」とのっけから拒否反応を示した。「うん、君、健康だよね」「それじゃ失礼します」その先生にたずねたら「あの目つきは正常だよ」といわれたんだけれど——。

「外には出られるんだね」

「家族がついて、ときどきね。スケッチするためよ」

「何も手に持ってなかったようだけど」

「頭の中にスケッチブック持ってるらしいの」

「どんな絵を？」

「人物も風景も描くわ」

「油絵？」

「主にね。絵具代のこと、ちっとも気にしていない。これ、やっぱり変でしょ」

ミレーヌが大学を中退して書店で働いているのは絵具代のためではなかろうか。丸岡はふとそんなことを思った。

「そうそう、わたしもたまにモデルをさせられるけど、このときばかりはよくしゃべるわ」

「絵に熱中し、世間に対する不安を忘れるのかな」

「マルオカさんの顔、弟が熱中するかもね」

「これのどこが」

「日本人って、浮世絵に出てくるみたいにあごが反り返ってるのかと思ったら、あなたは素敵にカーブしている。目もペーパーナイフのようにとがっていなくて、丸くて愛嬌がある。弟の手でデフォルメされたら、バルザックの登場人物みたいになりそう」

「日本じゃ二枚目の顔も、パリじゃ三枚目になるのか。そういえばアルベール、この仮装に興味持ったようだよ。口元に微笑が浮かんでいた」

「仮装と知って安心したのかもしれないわ。この人は世間離れしてるってね」

「ミス・ミレーヌ、じつはヴァイオリンも仮装みたいなものなんだ。ごめん」

「謝ることないわ。でも何か弾けるんでしょ」

「まあ、短い曲をいくつか」

「いつか聞かせてね」

二人はベンチを起《た》ち歩きだした。何歩かあるいたところで、どちらもが「あのう」といった。丸岡が「カフェに行きたいけど、金を持っていない。君、持ってる」とたずねると、ミレーヌが「わたし、同じことをいおうとしたの」丸岡の手をとり大笑いした。

どちらも文無しではどうにもならない。二人はカルーゼルの凱旋門まで手をつないで歩き、カフェのかわりとした。

3章

一九二＊年六月

隣の店で遅い朝食をとり二度寝をしようとしていたら、支局からメッセンジャーの少年が紙片一枚の手紙を持ってきた。「至急お越し願いたい。国際情勢に関わることゆえ」とたいそうなことが書いてある。支局長の国際情勢、どうせ、どこそこにいい酒場を見つけたぐらいの話であろう。こないだも、風呂に入りにいったら、「ゾラの『ナナ』を知ってるか」と聞かれ「はい」と答えたら、「そっくりの女がいる店がある」と甘言を耳に吹きこまれ、モンマルトルへ連れて行かれた。

そこは、ピガール広場から放射線状に伸びる道の一つ、くねくねと狭い小路の中程にあり、中に入るとランプかと見まがうほどの電気の明かり。煙草の煙りがもやもやと立ち、それとは別様の、湿っぽい臭いが鼻に吸い込まれた。ひと息目、古本屋に似ているなと思い、もうひと息深く吸ったら脳がしびれるような感覚をおぼえた。これ、脂粉の香りか、禁制の薬の匂いか、であろう。

店は十人ほどのカウンター席と二脚のテーブル席が三つ。支局長は入口ばなのカウンターに腰を下ろし、丸岡を隣に座らせ、すぐに「ウイスキー二つ」と注文を発した。「ぐずぐずしていると、自動的にシャンパン瓶が出てくる」といい、「要注意要注意」とつぶやいた。

注文を受けたのは角ばった顔をひげで覆い、元レスラーが不摂生するとこうなるぞという体つきの大男。「俺は柔道家の新聞記者ということにしてある」会田は丸岡の横腹をつつきながらそういい、「あのおやじ、マクローの元締めだわ」と教えた。マクローというのは女に売淫させて徒食しているヒモのことだそうだ。

奥に二人、タキシードばりの洒落た上着、首に白い布を巻いた男がいて、彼らが煙りの発生源だった。その前の壁に、何の広告か、伊達男が橋の欄干にもたれニヤついているポスターが貼ってあり、二人はこの服装を真似たらしい。「あっちの二人、マクローですか」丸岡が小声で聞くと、「そうだ、いまは自分の女が休業中なんだ。女が仕事に励んでいるときは彼ら、飲屋には入らない」「へぇー、決まりがあるんですか」「あの元締めが決めたんだろう」。

元締めは、「ジュウドウ」と「ハラキリ」以外の日本語はご存じない、だから何を話しても構やしない。支局長はそう断って、声量をうんと上げ、「ここへは、ただ単にふらりと入ったんだ」と話しだした——さて、何を頼もうかと思案するいとまもなくポンとコルクが抜かれバケツ入りのシャンパンが出てきた。俺、これ飲めないんだというと、お前何しに来た、女かというので、そうだ、来るのはあんたの女かと聞くと、自分は仲介するだけだといって奥の戸を出てゆき十秒で戻ってきた。後ろの部屋に使いっ走りがいるらしく、十分もすると女が表口から現れた。しわがれ声のもやしみたいな女だと困るなと思っていたら、わが社の受付のおばさんみたいに豊満で、丸い目がアザラシの赤ん坊のように愛嬌があった。俺はウイスキーを頼み、彼女にシャンパンを注ぐと、くくっと一口で飲み干し、「これ、本物だわ、今日はついてる」といった。俺は永井荷風氏のようにこの種の女になれていないから、口から出まかせ、「木登りしたことある」とたずねた。「あるわ。それがどうしたの」「何が見えた」「ピレネーの雪よ」「初めて酒を飲んだのは」「教会の小間使いをしているとき、神父さんに、ここは掃除しなくていいよといわれていたのが衣裳戸棚。そこを開けると、リキュールが一口残っていたわけ。そうそう、日本の絵も見つけたわ」「綺麗な山の絵か」「ちがうわ。男と女が互いに見せっこしてるような絵。あたし、男のあれを見て気絶しそうになった」彼女、ウタマロを見たようで、あれは実物の三倍はあると教えそうになったが、夢を壊すような気がしてやめにした。「男は好きか」「あのことは好きよ。ねぇ、そろそろ出ましょうよ」「今日はそういうあれで来たんじゃない。そら、もっと飲んで」「ああいい気持。わたしね、マクローはついていないのよ」「へぇー、自由にどこへでも行けるのか」「そうよ」「そのうち、動物園へ行こう」「うん、行こう。あたし、キリンにシャンパン飲ませたい。あの首にも登ってみたい」店主がそろそろ時間だぜと目配せしたので、彼女に一時間の規定料金を払い、「楽しかったよ」というと、「お客さん、あたしの彼氏になってくれない」と片目をつぶり「本気よ」といった。しかし、どう考えても俺はマクローになれそうにない。なにしろウタマロじゃないからな——。

会田はしんみりと、もっともらしくいい、さらにそんな口調でこんなことをいった。

「そうだ、若き文豪よ、君もいろんな経験をせんけりゃいかんな」

会田はがばっと起ち上がった。そして指をぱちんと弾き、元締めに向かって命じた。

「マドモアゼルを一人」

元締めはひげの頬に微笑を浮かべ、人差し指をぴんと立て、注文が一人であるのを確かめた。半分眠りながら獲物を狙っているようなその眼球。そこへ微笑が加わって不気味さを倍加している。丸岡は断ろうと「あのう、僕は」といって手を振ろうとした。「いいからいいから」支局長が邪魔に入り、その間に元締めは奥へと動き。マクローの一人に何か告げた。すぐにその男が出てゆき、十五分ほどして黒いワンピース姿の女が現れ、テーブル席に着いた。会田の拳が丸岡の横腹に突きを入れた。柔道家でも何でもないのに、その一撃はずしんと応え、丸岡を女のテーブルへ行かせた。

「ボンソワール」

「ボンソワール」

相方はなかなかの美形だった。パリ支局ではなく、本社の受付に置きたいような細身の体、黒髪をボブ型にし、眼に愁いがあった。

元締めがバケツ入りのシャンパンを運んできた。コルクはすでに抜いてあり、瓶を持ってみると一人前に冷えている。だが、瓶のどこにも泡が立っていない。丸岡は瓶を傾け二つのグラスに注ぎ、一口飲んでみた。いやはや何だろうこれは、気の抜けたラムネとしかいいようがないな。女は口をつけるふりだけでグラスを置き、椅子を立とうとした。「出ましょうよ」「ちょっと話がしたい」「話といったって、時間もお金も決まっているのよ」「それはわかっているが、僕は急がないんだ」「変な人ね」「きみ、木登りしたことある?」「何ですって」通じなかったのかと、ジェスチュアをまじえ「この木登りだよ」「ちょっとちょっと」女は丸岡の目を穴のあくほど覗き込んだ。「頭、正常だよ」「先にお金ちょうだい」「ああ、そうだった」女は金を受け取るとまた「出ましょうよ」といった。「もう少しここにいてくれないか」「何のために?　あなた、あたしを抱きたくないの」「そんなことないよ」「じゃあ、どうしてよ」ちらっと会田の方を見ると、固く絶交したごとく、不動の背中を見せるだけ。仕方なく「腹をひどくこわしていてね、ベッドを黄色い海にしたくないんだ」「それなのに、なぜあたしを呼んだの」「呼んだあと急に起こったんだ。熱帯のスコールみたいに」「そうだったの。お金わるいわね」それから彼女、哀愁を湛えた目で丸岡を観察しながら、ぽつぽつと質問した。「あなた、学生さん?」「うーん、たしかに本屋はよく出入りしてるけどね」「芸術家?」「よくいってくれた。それが人生の望みだった」「お金持ちの遊び人?」「本日は下痢をしてるから遊び人にもなれないな」——。

またしてもモンマルトルかな、と思いつつ支局へ出向いたら、国際情勢に関わりない話でもなかった。今日は支局長、ぱっちりと覚めた目を入口に向け、手をさかんに振って急げの意思を表した。丸岡はいつもの席へゆっくりと歩を運んだ。

「どうしました」

「君、舟原喜三郎を知ってるか。時期外務大臣といわれている」

「はあ、顔は存じております。カワウソがあくびをしてるような」

「そうそう、あの顔。あれね、俺の従兄なんだ。政府特使として明日こちらにやって来る」

「知りませんでした。それで、何か取材をしろと?」

「まあまあ、そう急ぐんじゃない。一つ、エピソードを話そう」

会田は金時おばさんが淹れてくれた紅茶を丸岡にすすめ、自分も一口つけてからこんな話をした。

——俺の家も舟原の家も佐賀の士族であったが、俺のおやじは東京へ出て陶器商をやって成功し、あちらの父親は地元の中学教師、息子の喜三郎は東京帝大に入るほどの秀才だったが貧乏で、これ以上痩せられないというほど痩せていた。栄養を補給するため週に一度わが家へ来て、たらふく食い、お礼に俺たちきょうだいに大声で童謡を歌った。彼の好物はイワシの丸干し、これ一匹で飯を茶碗一杯食うことが出来、丸干し十四、つまり飯十杯食ってごちそうさまと手を合わせるんだ。或るとき、すごい美人を連れてきて、おふくろに断って桜の木の下に立たせスケッチをし、その間二人は英語の会話をしていた。子供心に、あなたが好きだとか言い合ってるんだと思い、腹が立った。おふくろはさばさばした人で、後日舟原に、あの方お嫁さんにするのとたずねたら、いや、大学の先輩の妹に過ぎません、僕、漱石の小説に出てくるストレイ・シープなんです、と答えた。あれは「三四郎」という小説の中で里見美禰子なる女が三四郎に向かって吐くセリフだが、生意気な言い草ではないか。ともかく、丸岡君、舟原とはそういう男だ――。

「はあ、そうなんですか」

答えたものの、さっぱり要領を得ず、「それで用件は」と質問した。

「君ね、ここで初めて風呂に入った日、会いに行ったレディだが、まだ付き合っている？」

「はあ、付き合っているとまでいえるかどうか、ですが」

「いやしくも、日本の文豪が見染めた女だから、里見美禰子より上等であると俺は信じるね」

「どうぞご勝手に。それでご用件は」

「じつは来週の日曜日、舟原の友人である日本郵船の支社長宅で舟原を囲んで昼食会が開かれ、親しい人を連れて来てくれと頼まれている」

「そこへ、僕の、付き合ってるかどうかも定かでないフランス娘を連れて来いと？」

「うん。出来れば恋仲のふりをしてほしい。日本青年がパリにおいてロマンの花を咲かせているのを見たら、カワウソ閣下も大いに意を強くするだろう。なあ、一つ、頼まれてくれないか」

「うーん、日本外交を一ミリばかり推進するためにですか。彼女、ざっくばらんに話せば受けるかもしれません。それで昼食の献立は？」

「おお、わが友よ。支社長夫人手作りの豆腐が出るそうだよ」

丸岡は話が済むとすぐ下宿に戻り、ミレーヌに英語で手紙を書いた。まず、外交特使舟原の来仏、郵船支社長宅の昼食会、出席者はごく限られることを述べ、なぜあなたを誘うか？と筆圧強く記し、本論に入った。

「日本には漢字で『紅一点』と書く言葉があります。これ、物理的には男の中に女が一人のさまをいいますが、文学的には、鬱陶しい景色を帳消しにして余りある、薔薇の一輪、馥郁として匂い立つ花の香りを表しております。

あなたはその『紅一点』の字にふさわしい人であると、僕は信じます。エッフェル塔のてっぺんで逆さにされても、そう信じます。

それで、もしこの役を引き受けてくださるのなら、もう一つお願いがあります。この僕、丸岡一郎とあやしい仲であってほしいのです。いや、厳密にいうと、それらしき間柄を演じてほしいのです。

なぜこんなことをお願いするかというと、日本青年とフランス娘のあやしい関係を見せて、舟原政府特使を安心させたいのです。日本青年もコスモポリタンになったものだ、国際連盟が実をそなえるのも遠くないぞと思わせたいのです。

以上は、僕が無給で奉仕するところの新聞社支局長が発案し、まんまと乗せられてしまった筋書きです。

でも、こんなこと気にしないで出席してください。自然でいいのです。僕らが自然に振舞って、この二人あやしいなと誤解されることがもしあったら。僕は甘んじてこの誤解に身をゆだねます。

さて、ミス・ミレーヌ、まだ出席を決めかねているのですね。それでは申しましょう。当日の料理に、禅のご馳走であるトーフが出されるそうです。トーフはきっと、あなたの諸関節をやわらかくし、四肢の曲げ伸ばしにおいて快い律動感をもたらすでしょう」

丸岡は手紙を書き上げるや、この日もう一度セーヌ左岸を通りシェイクスピア書店へと赴いた。そしてミレーヌにこれを手渡し、「明日返事を聞きに来るから」とだけいってさっと踵を返した。翌日彼女の返事を聞きに行くと、営業用でない笑顔と、「トーフ、食べたい」の一言で、承諾の返事をした。「それじゃ、十一時半、市庁舎の前で」

さて当日の話に移ると、
支社長宅はサン・ルイ島の中程にあり、市庁舎から歩いて十分ほど。約束通り落ち合ってそちらへ向かう途中、丸岡はミレーヌに「手をつなごうか」といいかかった。恋仲のふりをする手始めに、と思いついたのだが、かしこまってしまい言葉が出てこない。ミレーヌは何か鼻歌をうたい、ピクニック気分のようだ。白いブラウスに淡いブルーのワンピース、手にビーズで編んだ小さなバッグ。丸岡は、会田から手ぶらで来いといわれているので、そのとおり実行し、身なりも浅草で買った吊るしの背広である。

目当ての家は簡単に見つけることが出来た。日本郵船の社宅であるのか、この屋敷町でもひけをとらぬ上流面《づら》をしている。鉄柵の門、白亜の二階建て、その前の芝生の庭には水の噴き出る池があり、柳が一本、紫色のアヤメが二本、彩りを添えている。

門が開いていたので中に入り、玄関の下まで来て「こんにちは」と大声で呼ばわった。文社長夫人であろう、若草色のエプロンをつけた女性が降りてきて、「あらっ、あなたは」「まあ、その節は」と、ミレーヌと手を取り合った。「お知り合い?」丸岡が英語でたずねると、「書店のお客さま」とミレーヌは答え、出迎えた婦人に「この方もお店のお客様なんです」と、これも英語で丸岡を紹介した。以後この昼食会は日本語と英語がミクスして話される場となった。

「私、A社の丸岡と申します。本日はありがとうございました。あらためて紹介しますが、こちらミレーヌ・オークレールです」

「ようこそ。会田さんに聞きましたけど、丸岡さん、小説家なんですってね」

「いやー、まだ単行本も出していないんです」

「こちらの奥様、ジョイスさんの『ユリシーズ』を買ってくださったの」とミレーヌ。

「丸岡さんもお得意さまなんでしょ」

「じつはまだ一冊も買っていません」

「そのとおりです。ミスター・マルオカに一度も、おおきに、をいっておりません。申し遅れましたが、今日はお招きいただき、おおきにです」

夫人はホホホとハハハの間ぐらいの音声を空に向けて発した。頬がふっくらとし、浄瑠璃寺の吉祥天女像のようだ。丸岡はすっかり気楽になり、こんなことをいった。

「僕なんかまだましですよ。貸本を借りて保証金を払わないやつがいるんです」

「まあそんな人が」夫人はちょっとミレーヌに視線をやり、小声でささやいた。「その人、丸岡さんの競争相手じゃないかしら」

「でもあの男、所帯持ちですよ。どうでもいいことですが、彼、来年あたり本を出すかもしれないから買ってやってください。ヘミングウェイという名です」

どうでもいい男の話をするうちに、応接間に通された。支局長と部下の橋本はすでに来ていて、もうビールを飲んでいた。ミレーヌを職業も含めて紹介すると、会田は「丸岡君、あなたのことよく話しますよ。柄にもなく、はにかみながらね」と作り話をし、どういうわけか、ワハハと笑った。ミレーヌはそれを見てくすくす笑いだした。マルオカと恋仲であるという芝居の幕が開いたようだと察したらしい。

ほどもなく舟原喜三郎が大使館員を一人ともない登場した。ハンティングに格子縞のジャケット、ニッカーボッカーズという出で立ちである。日本人にしては長身、いまはたっぷり肉がついていて、極限的に痩せていたというのが嘘のようだ。すぐにハンティングが取られ、丸岡には懐かしい面相が現れた。頭頂部はつるっ禿げ、眼が小さくて丸っこく、全体的には寝ながら笑っているような、やはりカワウソのあくびであった。

厨房の手伝いをしていたという支社長の藤崎も出てきて、出席者が出揃い、会田が簡潔にメンバーの紹介をした。藤崎も佐賀の出身、舟原の大学の二年後輩だそうで、先輩とちがって目鼻のすっきりした美男である。ミレーヌについては書店の責任者にして丸岡君のよき友達と紹介され、そこで舟原が大仰に握手の手を差し出した。そうして、視線を相手に注ぎながら「あなた、詩を書くでしょう」と驚きの一語を放った。

「ええ、下手な詩ですが」ミレーヌが小声で答えた。

「うん。あなたには何となくポエジーがある。日本にも一人、勇敢な女流詩人がおりましてね」調子に乗った舟原は与謝野晶子の「やは肌のあつき血汐に」の歌を英語で吟じ、翻訳に自信がないと見えて「これは官能のよろこびも知らないで、えらそうに人の道を説くな、と歌ってお るんです」と講釈した。

「素敵です。わたし、いつかテキストで朗読したいです」

藤崎にうながされ、一同は隣の食堂へ移動し、座り順は決めていませんからの言葉に従い、入った順に椅子を埋めていった。八人掛けのマホガニーのテーブル、天上にはクリスタルのシャンデリア、漆喰の壁にバルビゾン派の森の絵がかかっていた。

夫人と女中さんが料理を運んできた。器は伊万里だそうで、ここの食器はどれも会田の実家の陶器店で購入し、「会田さんの給料の十年分相当かな」と藤崎、「皿の所有者は郵船だから落っことさないようにしなきゃな」と会田。

酒は灘の生一本、銚子と猪口は九谷、まずは舟原の「国際平和を祈念して」の音頭で乾杯した。丸岡の隣に座ったミレーヌはむせもせず一口で飲んだようで、あちら隣の橋本にすかさずお酌され、「メルシー」と受けていた。

最初の皿は押し寿司二片だった。海老と背の青い魚のモザイク模様、味はあっさりして、そのくせこくがあった。

次の皿は、ウリの一種ズッキーニと小イワシを叩いて酢で合えたもの、丸岡は祖母の胡瓜揉みを思い出し、少しずつ少しずつ黙々と食べた。

三品目は夫人が「お魚はヒラメです。利尻島の昆布でしめました」と説明した。「世界に冠たる郵船はどんなものもどこからでも運べるのですね」と会田。「このヒラメも日本産で」と橋本が聞くと、「これはドーバーで取れたの。だから昆布でしめる前に、ヒラメさん、パルドンと謝りましたわ」

「藤崎夫人の料理、お母さんとそっくりの味付けだ」舟原が会田に向かっていった。

「喜三郎さん、目刺し専門じゃなかったですか」

「なんのなんの、お母さん、色んなものを食べさせてくれたよ。ホットケーキなるものを出されたとき、胃がでんぐり返るほど感動したね」

「おふくろ、たしかパンケーキといっていたな。明治屋からメープルシロップなんか買ってきて、ハイカラぶっていた」

丸岡の右隣は　佐野という大使館員。なかなかの酒豪らしく、自分へ手酌する前に丸岡へどうぞとすすめ、「はあ、はい」とつい応じるので、この銚子が一番に空になり、交換された。食卓はかなり幅がある。それでもミレーヌの真向かいの舟原が身を乗り出し「一献どうです」と銚子を差し向けた。「はい」と彼女が従うと、「フランス女性はワインを好むそうですね。丸岡君ともやりますか」とにこやかな顔で聞いた。「はあ……あのう」ミレーヌはちょっと口ごもり、やはり真実を述べなきゃと思ったらしく、「お酒誘っていただいたこと、ただの一度も」と答えた。

「おかしいな、そんな仲に見えなかったけどね」と、支局の橋本が首を前に伸ばし、口を挟んだ。

「君、どこかで二人を見かけたのか」と会田。

「チュイルリー公園でね」

「僕はあそこで橋本さんを見た覚えありませんが」

「それでは少し長くなりますが、話してもよろしいですか」

橋本は食卓を眺めわたし、一人も異議のないのを確かめてから話しだした——三週間前の日曜日自分はチュイルリー公園のベンチに独り座し、国際情勢について深遠な考察をめぐらせていた。とそこへ、よぼよぼの老人が近寄ってきてこんな会話を交わした。「隣に座ってよいかな」「ウイ」「あなたは日本人か」「ウイ」「ナガサキのハルコさんを知ってるか」「ノン」「煙草、持っていないか」「ノン」老人はそれきり黙ってしまったが、この会話で頭の中が世界平和から目前の俗事に切り替わり、たまたま隣のベンチへ若い男女が近づくのが目にとまった。外国人同士らしく、二人はぎゅっと手をつなぎ合い、口惜しいことに、フランス女性と日本男子らしかった。女はほっそりしたうなじ、短くカットした髪、横からの観察だから想像に過ぎないが、濃い睫毛の中の眼はウイットの光輝を湛えているに相違ない。男に目をやると、どうも嘱託社員のあの男に似ているが、渡仏して間もないのにフランス娘といちゃつくなんてありえないことだ。だがしかし、ヴァイオリンを背負っていて、これが丸岡一郎でなくて何であろう。しかもこの男、ヴァイオリンを下ろすのに、威張りかえって、女に手伝わせた。

さて二人はベンチに座った。まず男が胡坐をかいた。よほど偉ぶりたいようだが、柄にあってないなと見ていると、女も悪戦苦闘のすえ胡坐をかいた。裾の広いスカートをはいているとはいえ、女がこのポーズをとるのを見たのは初めてだ。よほど二人は親しく、世間など眼中にないのだろう。そのうち二人とも居眠りをはじめた。途中プードルが寄ってきて男の足裏をくんくん嗅いでも気づかなかったし、女は風にスカートがめくれても、こんこんと眠っていた。公園へ来るまでによほど体力を消耗したのではないか。まあ、以上かいつまんで述べましたが、丸岡君、反論があったらどうぞ――。

「あのね橋本さん、物事を客観的に見ていただきたいです。ベンチでのあれは座禅をしていたのです。二人とも無念無想の境地に達していたのであって眠ってなどおりません。ねぇ、ミス・ミレーヌ」

「座禅をしていたことはそのとおりです。ただスカートが気になって無念無想には至りませんでした」

橋本が手を上げ、なおも発言した。

「ミレーヌさん、一つお聞きします。あなた、おしまいに丸岡君の肩に寄っかからなかったですか。あれも、座禅の一環？」

「それ、橋本さんの目の錯覚だと思います。もし錯覚でないのなら、わたくし、ほんとうにそうしたのですわ」

「いやー、けっこうけっこう」舟原が両手をパタパタ、盛大な拍手をし、会田もつづいて手を叩き、「えへん」と偉そうな咳払いをした。今の橋本の一席、会田との合作ではないか。

予告の一品、豆腐が出された。硝子鉢の底に氷片を置き、その上の竹ざるに絹豆腐が乗せてある。薬味は生姜と鰹節。醤油はむろん国産であろう。

藤崎夫人がミレーヌに向かい、「これ、あくまでも自己流です」といって、豆腐作りを説明した――大豆を水に浸けて十分に水分を含ませ、すりこぎという堅い棒ですりつぶし、ペースト状になったら水を加えて火にかけ、その火加減は省略するとして、出来上がったものをガーゼに包んでしぼり、出てきた汁を箱に入れ、海水から得られる苦汁《にがり》と呼ばれる塩化マグネシウムを入れてかき混ぜ、下に沈んだのが、このお豆腐——。

右の行程、流暢な英語で話され、丸岡の耳にはオリエント急行が通過する風音みたいであったが、ミレーヌはちゃんととらえたようで、こんなことをいった。

「海を初めて見たのは六つのとき、夏休み家族とプロヴァンスへ行きました。海水は辛いぞと父にいわれていましたが、底まで青く澄んだ水を目にして、ソーダ水が思い浮かびました。海に入るとすぐにわたしは試し飲みをしました。わあー塩っ辛い。だからいわんことじゃない。アイスクリーム食べさせて。それが目当てで飲んだのか。ねぇねぇ父さんアイスクリーム。まあ、そんなことはともかく、あの海水の中にトーフ作りをしめくくる塩化マグネシウムが含まれているのですね」

夫人はミレーヌへ、くるみこむような笑顔を向け、そのままじっとしていた。ミレーヌから豆腐の感想を聞きたいのであろう。丸岡は会の初めから、ミレーヌの上手な箸の持ちようを見て思った。座禅の彼女は何だったのだろう、と。豆腐に対しても、鉢からひときれを取り、箸に挟んだまま醬油をちょっとつけ口へ運ぶまで、流れ作業のようであった。

皆が耳をそばだて沈黙するなか、ミレーヌは数秒置いて簡潔に感想を述べた。

「乳色の雲が喉を通ったようです。味はモーツアルトの喜遊曲でしょうか」

すかさず舟原がこれを引き取り、外交特使として発言した。

「ミス・ミレーヌ、ぜひ日本へお出でください。座禅、豆腐、そして丸岡君もいずれ帰国するでしょう」

おしまいはロースト・ビーフ。シラタキと、よいネギが手に入らなかったのでスキ焼が出来なかったとのこと。洋風のソースとわさび醤油が用意され、わさびは生をすりおろしたようにうまかった。

食事が済むと、一同はまた応接間に移動し、ここではお薄と羊羹が出された。丸岡の口に親しい芋羊羹とは、ウナギとドジョウほどちがっていた。

「お車がまいりました」藤崎夫人が知らせに来、「はいはい」舟原は調子よい返事をしながらなかなか立とうとせず、カワウソ顔をミレーヌに向け話しかけた。

「ミス・ミレーヌ、丸岡君だけどね、ひげを生やしたら似合うと思わない」

「はあ……似合うかもしれませんが、あまり持てても困ります」

「君たち、喧嘩することある?」

「いいえ、まだ」とミレーヌ。

「仲がいいほど喧嘩するというがね」

「わたしたち、何語でやればいいのでしょう」

「そうか。それ、決めておかなくてはな。ミレーヌさん、京都弁を知ってますか」

「先生、この人、おおきに、さいなら、はいえますよ」

「おおそうか。それなら『ああしんど』もいえるはずだね。ミレーヌさん、いってごらん」

「はい。おおきに、ああしんど」

「喧嘩の最後に、ああしんど、といって乳色の雲のような顔をすれば、たちまち平和はもどる」

舟原はいうが早いかさっと起ち、門の前でみんなの見送りを受けた。

ぽつぽつと雨が降りだしていた。見上げても目に入らぬほどであるが、池の面には無数の雨粒の輪が出来、柳葉の黄緑が微かに揺れている。

家に入り、タクシーにしようか歩いてミレーヌを送って行こうか、思案していると、藤崎夫人が「傘をお持ちしましょうか」といってくれた。「はい、貸していただけますか」と返事したら、何と一本、番傘を持ってきた。「返さなくてもいいのよ」とにこにこし、この夫人、自作の芝居を楽しんでいるようだった。二人は皆に挨拶し、外に出た。

番傘をぱっと開き、そこへ二人が入ると、おさまりきらず、門を出ると右側のミレーヌが体を寄せてきて、傘を持つ丸岡の右腕に手を差し込んだ。酒に温められたのか、ミルクと化粧料のミクスしたような匂い。そしてもう一つ、番傘から来る懐かしい油の匂い。丸岡は祖母が学校へ傘を持って迎えに来てくれたのを思い出し、そればかりかふいに、傘にまつわるもう一つの出来事へと想いが転じた。これは頭の隅にフィルムが残されていて、ちょいちょいと瞼に映し出される。わずか三時間ばかりの夢のような出来事……。

あの日丸岡がヴァイオリンレッスンを終えて帰ろうとしていたら、同じ門下生の速水銀子に声をかけられた。

「ちょっと相談があるんですけど」

自称没落しつつある家の長女、お茶の水にある東京女高師の学生である。

「どんなこと？」

「卒業後のこと」

大学を出てぶらぶらしている自分にその資格はないと断ろうとしたが、ノーをいいそびれた。勝気なようでおおらかな性格、笑うとくしゃっとなる顔のなかの黒い瞳、理屈っぽいのにユーモラスな舌の回転、彼女と話していて退屈したことがなかった。

翌日、二人はお茶の水駅近くの喫茶店に入って向かい合い、相談者と被相談者になった。

「さて始めようか」

「ありがとう。わたしね、女学校の国語教師か婦人雑誌の記者かどちらが向いてると思う？」

「結婚して男の子を九人もうけ、野球チームを作るというのは？」

「わたし、ほんとうは小説家になりたいの」

「ふーん。それじゃいろいろ人生経験しなくちゃ」

「丸岡さん、小説書いてるけど、たくさん経験したの」

「それ、どういう意味？」

「たとえば、女の人のことやなんか」

「きみ、たくさん経験したいの」

「わたし、そんなふしだらじゃありません。でもロマンスを何通りか書きたいなあ」

「ふーん」

丸岡は話をどう展開しようかと、にわかに女めいた銀子から目をそらせ、ふと窓の外を見た。さっきからちらちらしていた雪が本降りになっている。これはチョウジロー怒っているぞ。

「すまない、急用を思いついた。今の件、自分で決めてもらいたい」

「まあ……何なの、急用って」

「猫だよ。チョウジローというんだ」

丸岡は窓の外に目をやりながら、超特急に状況の説明をした。白分が家を出るとき猫は外出していて、ふだん彼は表の格子戸をちょいちょいと指先で開けられるのだが、鍵をかけてきてしまった。今頃寒気と孤独の中で死ぬ思いをしているだろう。

「わたし、猫に会いたい、断然会いたい」

「え、えっ、いっしょに来るというの？」

「はい、まいりますとも」

二人は息がぴたっと合ったごとく同時に椅子を起った。

外は雪が降りしきり、町の燈はぼんやり霞み、ほろほろ明滅しているように見えた。雪はさらさらの粉雪、とても気持いいが、明神下まで歩くのである。さいわい雑貨屋がすぐそこにあり、蛇の目傘を一本買い、隣の食料品店にも入り、銀子がうどん玉を二個買った。

「お出しにするものある？」

「鰹節と煮干しがあるよ。猫と共用だけどね」

「あら、猫を飼っていたの」

いってから、銀子、きゅっと首をすくめた。ふざけ過ぎを反省してみせたのだろう。

雪からプレゼントされた相合傘。丸岡は傘を右手に持ち、銀子はその右に寄り添っている。右手は傘でふさがり肩を抱くことが出来ず、左手は空しくぶらんとしていた。

省線に沿う道を少し行き左に折れる。そこは聖橋で、数センチ雪が積もっているが、ありがたいことに風がなく、家までで一番の難所を無事に渡った。二人は待っているチョウジローのために、黙々と歩いた。

神田明神下、大通り裏の狭い路地の、家の前に鉢植えを二つか三つ置く妙に閑静な一角。去年の大震災でもこの一角だけは倒壊せずに済んだ。安普請がさいわいして地震の揺れに抗わなかったからだそうだ。

案の定、表の戸の前にチョウジローが佇立していた。前脚を真直ぐ揃え、一見かしこまった様子に見えるが、実際は抗議のため姿勢を正しているのだ。目を半眼に閉じ、ひと声も鳴こうとしない。

「ごめんな、チョウジロー」

鍵を開けると、猫は決死の勢いで一番に中へ入り、丸岡がそれにつづいた。玄関の框の障子を開けると八畳の居間。とりあえず電燈をつけ、「どうぞ」と戸口に立つ銀子へ手招きした。

「おじゃまします」

丸岡は瓦斯ストーブに火をつけ、卓袱台に座布団を敷き銀子を座らせた。チョウジローは祖父が晩年に使っていた揺り椅子に乗り、くたっと平らになった。

「すぐ暖かくなるからね」

八畳といっても、箪笥や食器棚や仏壇が占領して空気の可動域が狭いから、すぐ暖まる。丸岡は銀子の家はたぶん二百坪はあろうと想像し、つい余計なことをいった。

「この家の敷地、三十坪もないんだ」

いったついでにさらに建物へと話を進めた。一階にはもう一室祖父母が寝室にしていた四畳半、二階の八畳は自分の専用、外壁は焦茶色の板張り、ほら、この居間の南側に坪庭みたいのが見えるだろ、雪ではっきりしないけど、南天と櫟《くぬぎ》と手水鉢があるんだぜ。

「そうなの。雪をかぶった南天、見たいな」

「それはそのう……朝にならないとね」

「うーん、そうか、うーん。ところでこの家お葱はある？」

「ないよ。それ、何にするの」

「うどんに入れるのよ。いろどりに」

「わかった」

丸岡はただちに行動に移した。隣にわりとお節介焼きの、六十ぐらいのおばさんが一人で住んでいる。ビール瓶一本持って出向き、用件を告げると、ワケギ三本とクサヤの干物を一枚くれた。

家へ戻って丸岡は湯を沸かし、銀子はワケギを刻んだ。軽やかで確実な音楽的リズム。丸岡の腹がグーとなり、クサヤも食べたくなった。しかし、これは臭い。これ、女が初めて男の家を訪ねたとき、食卓に出すのはどうだろう。しかも雪がしんしんと降っている夜に。

「クサヤ、食べたことある?」

「ないわ。でも食べてみたい」

ほらこんなにおい、と実物を銀子の顔に近づけると、例のくしゃっとした笑顔の、最悪版といった表情を見せ、それでも「わたし、食べたい」といった。

銀子はこのほかにホーレン草と卵を炒めた一品を作り、「チョウジロー、どうするの」と聞いた。「彼には定食を与えよう」と丸岡、人間の朝の残りの飯とみそ汁、それに煮干しを混ぜて準備した。

ビールをコップに注ぎ、カンパーイ。

「メインディッシュが素うどん、ほかに二品がならぶ豪華晩餐」と銀子。

猫がぽんと椅子から飛び降りた。丸岡は細かくしたクサヤの一切れを取り、彼の鼻に近づけた。相手はしかし、鼻をくしゃともさせず自分の皿の方へ歩いて行った。

三十分もせぬうちに、うどんとビールが空き、あと二品も半分ほどになった。

「安い日本酒が二合ぐらいならあるんだけど」

「いただくわ。お酒、けっこう強いのよ。祖父や父のお相伴したから」

一口それを飲むと、椅子に戻ったチョウジローを見て、銀子が話しだした——我が家は祖父が犬派で猫を飼ってくれなかったの。わたしも好きだけど弟の好きさはわたしの五倍ほど、絵本を見て我慢していたわ。弟、とても内気な子で、友達は小学校の同級生の一人だけ。互いの家へ泊りっこするほど仲良しだったのに、中学二年の三学期、その友が突然何も告げず居なくなった。家業が倒産し夜逃げしてしまったのね。弟はひどいショックを受け学校にも行けなくなった。両親が説得しても黙り込むばかり。仕方なく、当分好きなことをさせようと決めると、自室で音楽を聞きながら絵を描くようになったの。ときどき弟の居ぬ隙に絵を覗きに行くと、手回しオルガンを弾いて歩く男の姿。オルガンの上に一匹の猫が長々と寝そべっている。いつ見に行ってもその構図は同じで、背景だけがちがっていて、雲の浮かぶ空だったり、富士山だったり、法隆寺の五重塔だったりで、何を考えているのかわからなかった。でもあるとき、入って見てもいいよとばかり部屋の戸が大きく開けてあった。その絵、猫が主役であるのはかわらないけれど、揺り椅子の毛布の上に居て、夢の中で音楽を聞いているようなの。かたわらに黒髪の少年がヴァイオリンを弾き、うっすらと五線譜が猫の耳へと流れている。優しく平安に満ちたその眠り顔。ああ、この子、もう大丈夫だな、とわたし思いました。そのとおり彼、受験勉強を始め、私立中学に編入したというわけ――。

「ご静聴、ありがとう」と銀子、ぺこんと、少女のようなお辞儀をし、例の笑顔を見せた。

それにしても、この悲喜劇的面相と真摯な瞳のちぐはぐなこと。丸岡は惹かれるように見ていて、おやっと思った。睫毛が濡れ、瞳もうるみをおびている。丸岡は不意打ちにあったように胸を衝かれた。そうだ、俺も銀子に話そうか、あのことを話してしまおうか。丸岡は十秒ほど考えたすえ、さばさばを心がけ、簡潔に述べた。

「俺ね、母親の顔を知らないんだ。物心つく前に出奔してしまったからね。父親がどこの誰かも知らない。よって祖父母に世話になったわけ」

「そう……そうだったの、そう……」

う、うっとくぐもった声が洩れ、顔が水平にかたむき、髪が額に振りかかった。

「俺、ヴァイオリン、持ってくる」

丸岡はさっと腰を上げ二階へ向かった。胸につかえていたものを吐き出し、ほっとしたせいか階段を踏み外しかけ、そこで少し頭の整理をした。ヴァイオリンは何を弾こうか、何曲弾こうか。雪が与えてくれた二人きりのこのチャンス、雰囲気をこわさぬためには一曲だけにし、それも彼女が所望する曲がいいだろう。だが問題は雪である。帰路に降っていた勢いを今も保っているだろうか。ここでぱたっとやんだんじゃ、つまらないな。逆にどんどん積もるようだと、銀子は帰れなくなる。そうなったらわれわれ……。

丸岡は自室に入り、とりあえず雪の具合を見ようと窓を開けた。目を凝らすと、先刻より闇の白さが薄く、風が出てきたようで、冷たく微小なものが顔に当たった。それは火照った頬に心地よいぐらいの程度で、はなはだ物足りなかった。雪は小降りになってきたらしい。丸岡は胸奥に失速感みたいなものを感じながら窓を閉め、それでも何かの事態にそなえ、万年床の布団を真っ平らに整えた。

居間へ戻ると、銀子が座位をずらし、カメラを構える仕草をした。彼女の二メートルほど前に揺り椅子があり、その上にチョウジローが丸く、前脚で顔を抱くように眠っていた。

「丸岡さん、椅子の斜め後ろに立ってください」

「そんな恰好して、どうするの」

「頭の中のフィルムに感光させるのです」

「一曲だけ弾きます。何かリクエストは」

「うーん」数秒後、ためらいがちに銀子がたずねた。「シューベルトのセレナーデは」

「暗譜で、弾けないこともない」

「弟が大好きなの」

「そうか。何とかやってみよう」

これ、自分も大好きで、家で練習を積んでいる。彼女はそれを知らないから、意外と上手ねと思うかもしれない。丸岡はいつものとおり出だしをハミングしてから弾きだした。

弾きながら、不思議な力に支えられているのを、丸岡は感じた。指と絃と弓がぴたりと息を合わせ、自分の溢れるような思いを、譜面どおりの音にして伝えてくれる。その思いとは、フランツ・シューベルトへの、速水銀子への、彼女の弟と椅子に眠る猫への、そしてこの世の佳きことへのすべて。

銀子は何枚写真を撮ったのか。丸岡の演奏が終わり「ブラボー」と叫んで立ちあがったとき、顔じゅうに涙が溢れていた。

「ちゃんと撮れた？　ピンぼけになっていない」

「なっているかもしれない。顔のとおりに撮ったから」

両手で顔を拭いながら笑おうとし、うまくいかず、純粋に悲劇的面相になった。

丸岡はその顔を見て銀子を抱きしめたくなった。猛烈にそう思ったが、ヴァイオリンをどこに置こうか迷ってしまい、ついで、ここはチョウジローがいるし、仏壇があるし、それにクサヤも食ったことだしと、理性が頭をもたげた。

結局、抱擁に至らず、荻窪へ帰る銀子をお茶の水駅へ送るだけに終わったが、雪が小降りになった道々、「俺たち、結婚しようか」とすんでのことでいいそうになった。

それから、ほんの数日後、銀子は心臓発作を起こし、突然死した。年が明けてヴァイオリンレッスンの初めての日、丸岡はそのことを知ったのだった。そしてまた数日後、朝起きるとチヨウジローが揺り椅子の上で冷たくなっていた。自分はこのまま日本にいてはいけないな、渡仏を急がねば、と思うようになった。

あの雪の日とちがって、この日の相合傘、ミレーヌの手がしっかりと丸岡の腕を抱え、密接度がよりタイトであった。恋仲と見せる演技の延長なのか、自然の感情がそうさせるのか。島から右岸へ渡るルイ・フィリップ橋の中程で、丸岡は足をとめ、下流の方へ姿勢を向けた。ゆっくりとやったので、ミレーヌの足もついてきた。

細いほそい、目に見えぬほどの雨。うっすらと青みがかった靄が川面に立ち、空気は少しかび臭く、セーヌは隠沼《こもりぬ》であるかのようだ。すぐ右手にはルーヴル美術館がぼうっと立ち、低層の建物の中央にむんずと乗った兜型の塔。あれはかつてここが城壁であったとき、その天守ではなかったろうか。

目を左方に転じると、あるはずのパリのシンボル、エッフェル塔がそこにはなく、すっくと立ったキリンのような容姿の一部、首のつけ根あたりの鉄骨だけがわずかに見えた。

ミレーヌが神妙な声でたずねた。

「ねぇマルオカさん、わたくし、うまくやれたかしら」

「恋人同士に、見せるってこと？」

「そう、わたし、ちゃんとやれた？」

「とてもよかった。ああー、やっぱり演技だったのか」

「さあ、どうでしょう。でも、とっても愉しかった」

二人はまた歩きだし、橋を渡って左へ折れた。すると、綺麗に澄んだ吹鳴音が聞こえ、丸岡はその方へ顔を向けた。何とミレーヌが口笛を吹いているのだ。自分はこれまで女が口笛を吹くのを見たことがなかった。銀座でも浅草でも、ミッションスクールの下校時に通りかかったときにも。それにしても音色が透明で、高音がよく伸び、パンフルートを聞いているようだ。

「それ、何の曲」

「ビゼーの『真珠取り』のアリア、『耳に残るは君の歌声』」

ミレーヌは嚙み砕くようにフランス語で教え、吹鳴を続けた。丸岡は初めて聞く旋律を記憶にとどめようと、また足をとめた。切々と恋を追想しているようだが、暗さはなく、過ぎし日々を懐かしみいとおしんでいる。音が高く伸びるところ、祈りに似た敬虔さをおび天上へと気化してゆく。

雨の降りようが密になった。すぐそこまで灰色のとばりにおおわれ、岸辺の大木どもは緑の生気を失い、中の空っぽの巨石のようだ。いったいこの俺は、見知らぬ土地に夕方着いた旅人だろうか。丸岡の脳裡に一瞬そんな思いがよぎったが、快活なミレーヌの声がその思いを吹っ飛ばした。

「マルオカさん、あなたの番よ」

丸岡は反射的に口をすぼめ、筒状にした。そして、何を吹こうかと思案する間もなく、メロディーが唇から飛び出てきた。

「ウイーン、わが夢の街」

この曲は十年ほど前に作られたそうだが、こちらに来て覚えた。街でもよく歌われていて、これを耳にすると自然あの街へと夢想が飛翔する。丸岡の頭に浮かぶのは百何十年前のウイーン、それも具体的に、新妻コンスタンツェと暮らしはじめたモーツアルト。父親からもパトロンからも自由になり、食べるために次々とピアノコンツェルトを量産せねばならなかったが、或る日小鳥店から三十四クローネで買ったムクドリが十七番の三楽章を真似てくれ、また或る日コンスタンツェと腕を組んで散歩していると、木立に囲まれた音楽堂から恩師ハイドンのチエロ協奏曲一番が聞こえてくる。明るい空色をした春の調べ、やあアマデウスと呼びかけてくるような、こよなく優しい二楽章のアダージョ……。

丸岡は思い入れたっぷり、ロマンチックな抑揚をきかせピーピーと吹き、ミレーヌはこれに合わせてハミングした。その音色は少しくぐもってやわらかく、ハイドン先生好みの音だ、と丸岡は過大評価した。

二人は市庁舎の横を通り、リヴォリ通りを突っ切り、一本目を右に折れた。くすんだ壁の二階建てがならび、小ぶりなレストランやカフェ、雑貨店がもう燈を点し、石畳の上に、水に映った街燈ほどの光をこぼしていた。

「ランラ　ラーラ　ラララ　ラーラ」

今度はミレーヌ、歌唱に転じた。まるで「ラ」ばかりの歌詞であるが、ワルツ風、優雅な旋律は「ホフマンの舟唄」にちがいなく、すると、ここはヴェネツィアの大運河、われわれはゴンドラ上でぴたっとくっつき、波に揺れているのか。そのとおりミレーヌが上体を軽く左右に揺らせ、丸岡もラララとそれに合わせた。

と、向うから長身の紳士が歩いてきた。この人は立派な蝙蝠傘をさし、早足で接近してきたが、直前に道を開けてくれ、一行詩を朗吟した。

「オー　ヌュイ　ダ・ムール」（おお　恋の夜よ）

二人が「ラ」の歌唱を終わり、普通の歩行にもどしてすぐ、「こっちよ」とミレーヌが左を指さした。そこは彼女の住むマレ地区という一帯。大きな館やアパルトマンのまざった一角を、二人は五分ほど歩き、ミレーヌがまた「こっちよ」と幅五、六メートルの道を指さし、そこで素早く丸岡の腕から手を放した。そうかそうか、家が近くなってお行儀よくするのだな。

丸岡がそう思ったとたん、傘の柄をミレーヌもつかみ、そして弾けたように歌いだした。

「パンパパパーン　パンパパパーン」

ワーグナーの「婚礼の合唱」、日本でも「結婚行進曲」として知られているこの歌。ミレーヌは傘をさし上げさし上げ歌い、さながら乾杯をしているようで、丸岡もつい調子を合わせた。

「パンパパパーン　パンパパパパーン」

ヴェネツィアの恋の夜から結婚まで、どうも性急すぎる気がするが、大声で歌った。

突然ミレーヌの歌がぱたりとやみ、前方の四つ角の三階建てが指さされた。

「あのアパルトマンがわが家です。寄って行きます？」

丸岡は数秒間頭を回転させ、「いや今夜はここで帰ります」と返事した。初めての家へ微醺をおびて訪ねるのは気がひけるし、家に家族がいるのでは気が進まない。もしミレーヌが一人住まいをしていて、愛猫が彼女の帰りを玄関で待っている、というのであれば別の話であるが。

4章

巴里の雨はやさし

一九二＊年八月〜九月

街路樹も公園の木もずっしり葉が繁り、木の下蔭が濃くなった。ジャケットは手にさげるだけのものとなり、丸岡は市庁舎のデパートで木綿のワイシャツを買った。それでもパリはよほど湿気が少ない。天気のよい日が多く、瑠璃色の空の下、セーヌは春より水が澄んでいる。シテ島の釣り人が見事なウグイを釣り上げるのを、丸岡は三度目撃した。

あの昼食会のあと、合唱つきで婚礼の行進までしたけれど、ミレーヌはそれを忘れたような顔をしてる。丸岡も負けじと同じ顔をし、シェイクスピア書店へ行ったときは本を買った。一度はボードレールの『パリの憂鬱』、次はスタンダールの『モーツアルト』を。「無理しなくてもいいのよ」「それじゃ今度はどこかで食事しよう」「今日のお昼は」「君、出られるの」「先に行ってて」。

ミレーヌの教えた店は「クローズリー・デ・リラ」。リュクサンブール公園を少し南へ、モンパルナス通りと交わる角の、白亜の船艦が船首を立てたような建物の一階にあった。ここは文学カフェといわれ、詩人のポール・フォールのホームグランドだそうだ。店内の調度はイスラム風の装飾がほどこされ、ひっそりしている。

二人はオレンジジュースとハムサンドイッチをとった。ミレーヌは昼休みを三十分延長してもらったそうで、無邪気な笑顔でこんなことを言い出した。

「こないだまた座禅をしたわ。同じベンチで」

「へえー、君ひとりで」

「そうよ」

「それで足の裏、空に向いたかい」

「ノートルダムの鐘楼に向けるのが精一杯。だけど少しサトリに近づいたわ」

「何か工夫でも」

「フレアスカートをやめにしたの。こないだマルオカの視線を腿に感じ、無念無想に集中できなかったから、今度はキュロットにしたわ」

「キュロットって？」

「幅の広いズボンを、膝の下あたりでカットしたようなスカートがあるでしょ」

「ああ、あれね。あれは好きじゃない」

「腿を出さなかったので、いくらか宇宙に近づいた気がする。瞼に一匹の蛙が浮かんだの。ねぇマルオカ、バショウは座禅した人？」

「さあどうだろう。あの人、沈黙を試みても、自然と言葉が湧いてくる。それを俳句にして金持ちの旦那方から酒食のもてなしを受ける。彼、幕府のスパイであったという説もあり、禅の質実のイメージとは遠いな」

「岩から池へ蛙が飛び込む姿、それがわたしに見えたの。だけど水音がはっきりしない。何か音がしたはずなのに、それは音符で表せない何か」

「飛び込んだ後のしずけさと一つになったのかな」

「しずけさも一つの音よね。でもわたしの感じたのは、聴覚が感じ取るものとは少しちがうような気がする」

「君は何億光年を経てとどいた、星のひびきを感受したのかもしれない」

「深い入江の中の魚が記憶するのと同じひびきかしら」

「芭蕉の詠んだ古池は、深い底に古代魚が棲んでいて、詩の宝庫であるようだ」

「わたし日本へ行って、そんな古池を見つけたい。あなた、いつお国へ帰るの」

「僕はパリに二年居る計画で、祖父の遺産を全部売り払ってきた。ミレーヌが来ても歓待してあげられないな」

「マルオカ、日本に戻って何をするの」

「わからない」

「坊さんになったらどうお。こないだ、ユニフォーム、似合っていたわ」

「坊主になると、君とならんで座禅が出来ない」

「どうして」

「禅は女人禁制だから」

「まあ、キスしてもいけないの」

「わがユニフォームは仮の姿だから、キスしていけない、ということはない」

「わたし、行儀よくして、また座禅がしたい。あなたとならんで」

「その節は、キュロットなど穿いてこないでもらいたい」

「あっ、いけない」

「どうしたの」

「フレアスカート、洗濯に出しちゃった。あそこのおじさん、仕事がとっても丁寧なの。マルオカがパリに居る間に乾くかしら」

ランチの時間は、かく、束の間のうちに過ぎた。

夏はやっぱり暑い。髪を短くしたいので床屋の前に来ると立ちどまって中を見る。ちょっと見るかぎり、頭を刈り上げているやつはいない。おしなべてこちらの男は首まで毛を伸ばし、もみあげも長くし、まごまごしているとそれがあごひげとつながっている。「ドーム」や「ロトンド」なんかで髪の短い男がたむろしていることがあり、傍若無人的陽気さで、すぐにアメリカ人だとわかる。いわゆるクルーカット、さきの大戦に勝利者側に志願した若者たちである。彼らはどこで頭を刈るのか？

こちらではめずらしく、この日はちょっと歩いただけで汗が噴き出してきた。リュクサンブール公園を歩いていたら、鳩に豆をやっている男が目にとまった。何と、日本の植木職人のように頭が角刈りなのだ。丸岡は鳩を驚かせないようにしずしずと近寄り、そっと肩を叩いた。振り向いた顔は頭の形と釣り合い、いかにも実直そうだった。

丸岡はこの男と、身ぶりが七割のフランス語会話を交わした。

「その頭、どこで刈ったのか」

「家で女房にやらせた」

「奥さん、理髪師なのか」

「マッサージ師だが、頼めばやってくれる」

「料金は」

「自分は関知しない」

「家が近くなら案内してほしい」

男はよっしゃといった調子よさでベンチを立った。途中彼は「あんた、日本人か」と確かめてから「カミナリモンを知ってるか」とたずねた。「それ、人の名前?」「そうよ。あの人、気前よかったな。日本じゃ女のパレスを持ってるといっていた」この男、チップを要求しているのかと不安になりながら男の確固たる足取りにつられ、ついていった。着いたのはモンパルナス通りの二筋裏、飲み屋街のはずれにあるアパート。「ここだ」といわれ一瞥したところ、壁の何とも形容しかねる古色と、窓が小さく開口部の少ない牢獄的たたずまいが目についた。玄関の硝子戸は開け放しにされている。男に背中を押されて中に入り、も一度押されて木の階段を上がらされた。二階の突き当りまで来ると、男はあごでここだよと示し、数秒間丸岡を試すように見た。丸岡は、女房と亭主とは経済的に一体とみなしチップはやらぬことにし、「メルシー」と元気よくいった。男は眼球に力をこめ、ぎょろりとこちらを見てからドアに向き、このうえなく優しいノックをした。それが女房に対する合図のようであった。ドアが開けられ、男が中に向かって早口のフランス語で何かいい、丸岡には「じゃあな、女房は英語が出来るぜ」といって消え去った。

部屋の明るさになれるまで十秒以上を要した。昨今、パリはかなり電気が普及し、シャンゼリゼやモンパルナスは色とりどりの広告燈が溢れている。昼間とはいえ、ここの明かりは虫籠窓ほどの小窓から入る外光だけで、電気は通じていないようだ。

目の前一メートルに、女房らしき女が腕組みをして立っていた。その腕が丸太なみにふとく、鼻の下に毛が生えており、その長さが自分の高等学校時代と同じくらいだった。かたわらの壁にハンガーがかけてあり、これを取って女がいった。「上着とズボンを脱いでこれにかけてね」フランス語であったが、身ぶりでわかった丸岡が英語で反論した。

「ズボンを脱ぐ必要はない。僕は散髪に来たんだ。あなたの夫のように短くしてほしい」

「ここはコースになってるの。頭はそれが済んでから」

「コースは省いてほしい」

「マッサージが嫌だったら帰っていいのよ。でも料金は払ってちょうだい」

「そんなバカな」

「さっきの男がそう決めたのよ。ねぇあなた、マッサージして損はしないって。あたし、黄金の指を持つ女といわれているの」

女は声を鼻にかからせ。目を優しく、「へ」の字になるほど細くした。丸岡は瞬時に翻意した。

「それじゃ、やってもらおうか。散髪代を入れていくら」

「それは相談の上で」

「どうしてさ、規定の料金があるんだろ」

「もう一度という人もけっこういるのよ。でも心配しなくていいわ。あなた金持ちでないことわかるから」

「ありがとう」

丸岡は上着とズボンを脱いでハンガーにかけた。

「ワイシャツも下着も脱いで」

「下着もぜんぶ?」

「最後の一枚、残しておいてもいいわよ」あっさりと、何気なく女がいった。

部屋は六畳ぐらい。その半分を占めるほどの鉄製ベッドがあり、丸岡はそこに横になった。じわっと湿っぽい布団の感触。そのうえに一種動物くさい臭いがまじり、たとえていうなら馬小屋の藁の上にオットセイが寝たあとのような、そんな感じ。

マッサージはとても上手だった。揉み、押し、撫でほぐす、の三つを精緻な指さきで巧みに使い分け、たちまち引き込まれた丸岡は、夢うつつにモーツアルトの弦楽を聞いている心地がした。

「はい、これから特別コース」

そう告げられ、はっとしたら、すでに指が最後の一枚の中にあり、そろそろと匍匐しつつあった。

「特別コースって?」

「わかってるくせに。あなたの坊や、お待ちかねよ」

にいっと笑った顔が近づけられ、鼻の下の毛が瞼に大写しになった。それはじつに男らしくさえ見えたが、黄金の指はあくまでも女らしかった。丸岡は懸命に抗った。

「最後の一枚残しておいていいと、いったじゃないか」

「まあ可愛い、この子ったら」

顔がさらに近づき、悶え、甘えるような「う、うん」の声が聞こえた。その声はとてもセクシーで、鼻下の毛を忘れさせるに十分だった。丸岡は七分どおり観念し、とりあえず目をつぶった。

ところが事態は予想とちがう方へ動いた。最後の一枚を脱がせにかかるはずの彼女の指がとまり、首筋をぺろっと嘗められた。一度ばかりか続けざまに、首筋ばかりか耳朶から頰っぺたからあごの下までぺろぺろと、ロバか何かがやるように。

丸岡はすっかり牧歌的気分にひたされ、と同時に七分どおり観念したことも心身から消え失せた。

「さて、散髪の件、相談しようか」

いいながら、丸岡はがばっと体を起こした。

「いまさら相談もないでしょ」

「散髪、してくれないの」

「特別コースのあとでね」

「わるいな。あなたに迷惑かけたくないんだ。俺、病気なんだ」

「何の病気よ」

「こちらの言葉で何ていうのかな。最後に頭がおかしくなるやつ」

「嘘ばっかり。あんた、女の経験ないんだね」

「じつはそのとおり、ごめんな」

女は笑いながら、丸岡の額を指でぴんと弾き、「散髪はまた今度。気分が乗らないから」と言い訳をいった。

「マッサージの料金は」

「三百フラン」

丸岡は百フランをプラスし、「黄金の指、最高だったよ」と賛辞もプラスした。女は「坊や、またおいで」といって丸岡の額をまた弾いた。

こんなことがあって床屋へ行くのをぐずぐずしてるうちに夏が過ぎ、並木の黄ばみはじめた通りを歩いていると、ふいに何ともいえぬ気持におそわれた。これはホームシックかもしれんぞ、と丸岡は、これを振払うべく通りがかりの床屋に入った。そこは学生街、カルチェ・ラタンの中だから英語が通じるだろうと、「クルーカットできる」とたずねた。「どうぞどうぞ」店には一人しかいないから店主であろうそのおやじ、愛想よく理容椅子をトンと叩いた。「どんな頭にしましょうか」「だからクルーカットに」「ふーん、それ、どういうの？」丸岡は手真似で髪を刈り上げる仕草をし、頭頂部に短い毛が存在することを示すため、おやじの鼻ひげを指さしその指を自分の頭の上に持ってきた。おやじ、強敵に出くわした二十日鼠のようにキョトンとし、「あんた、日本人か」「そうだ」「パリ万博でサムライの絵を見たが、あんな頭か」「やれるのかい」「出来ぬことはない。前の毛を奥まで刈り上げるのは簡単に出来る。ただ、真ん中に突き出たシテ島みたいなのは、毛をどこから持って来るのか」「シテ島じゃなくてチョンマゲというんだ」「女房を呼んでくるよ」「チョンマゲが出来るのか」「近所で髪結いをやっている。万博のとき、サムライの絵に見とれていたからね」「サムライ制度は廃止になった。何でもいいから短くしてくれ」「裾は残したほうがいい。よく持てると思うよ」「短くするのかしないのか」「わかったわかった」。

丸岡は手ぶりと片言会話に疲れ果て、それからずっと目をつむっていた。「はい、終わりましたよ」鏡を見ると、前髪は額の線まで刈り込まれ、周りは耳より上でカットされた、おかっぱ頭の変奏曲が映っていた。

これじゃ女に持てるわけないな。そんな気持も十分の一ほどあって、しばらくシェイクスピア書店には近づかなかった。スタンダールの『モーツアルト』を仏英辞典と首っ引きで訳しながら没入していった、という事情もあった。

「ピカソはどうなりましたか」銀座五丁目の資生堂パーラーで友達になった男から催促の手紙が支局宛に届いた。丸岡が初めてあのレストランに行ったとき知り合ったのだが、弊衣破帽、高下駄姿で入ろうとしてボーイが立ちふさがり、口論となった。そこへ何と、よろいかぶとを身にまとった大男が現れ、「おぬし、このお方に無礼なことを」とボーイを一喝し「貧書生の君よ、さあさあこちらへ」と自分の庭へ通すごとく窓際の席へ丸岡を案内した。この男、大実業家の御曹司にして資生堂パーラーの常連、仮装を趣味とすることで二人はたちまち意気投合した。

丸岡の渡欧の一週間前、このときはどちらも普通の背広姿でアイスクリームを食べた。「君、あちらでも仮装をやるのか」「出来ればナポレオン・ボナパルトなんかを」「健闘を祈る、とともに一つお願いがある。パブロ・ピカソを知ってるか」「うん、名前ぐらいはね」彼の願いというのはこの画家の油彩を手に入れることで、金に糸目はつけない、成功したら代金の一割を仮装の購入費として君に差し上げるというもの。「金の使いみち、なぜ仮装に限定するの」「ほかに使ったら、君、梅毒を持って帰国するだろう」「わかった」考えてみると、代金の一割をもらえるのだから、高く買ったほうが得になるわけで、こんな楽な商取引はない。ピカソはパリに滞在してるそうだから何とかなるだろう。

催促の手紙から数日後、たまたまピカソ本人らしい人物とル・セレクトで隣り合わせた。ミレーヌと初めて待ち合わせた日と同じ席に座り、ぼんやりしていたら急に隣が賑やかになった。男二人に女一人、男たちの速射砲的会話の中に「パブロ、パブロ」が連発され、丸岡の耳がぴんと立った。パブロと呼ばれている男、鼻や口の造作も立派であるが、眼光の強さが常人とちがう。目玉は濃い眉の奥にちゃんとおさまっているものの、いまにも飛び出て爆発しそうに見える。もう一人の男だが、そうそう、ミレーヌが話していたあの詩人、ピカソをロシアバレーに誘ったジャン・コクトーではあるまいか。髪は黒々、頬はこけ、目のしずかに澄んだ白皙の二枚目。それだのに会話の八割は彼の口からつばきとともに放出されるのだ。丸岡の語学力ではその断片をとらえ、自分勝手につなぎ合わせるしかなかった——シュールレアリスムは早晩滅びるよ……ニジンスキーの踊りは神の仕業にちがいない……フランスはインドシナで失敗するぞ……クレオパトラの猫は尻尾で円を描けたそうだ——。

ピカソの絵はミレーヌに会いに行く格好の口実になった。これこれのしだいでと訳を話し、「どこか適当な画商知らない」と持ちかけたら、「画廊を一つ知ってるから、当たってみたら」と話に乗ってきた。「連れてってくれる」「明日の夕方、どうお」「いいね」「サン・ジェルマン・デ・プレ教会の前で六時に」「オーケー」。

この日は若者の店員がいなかったので、誰はばからず会話し、とりわけ「オーケー」の返事は高く威勢よく放たれた。ところが、この発声とへミングウェイが店の敷居をまたぐのと、ほぼ同時であった。彼はミレーヌがこの場を離れるとすぐに問いを発した。

「ミスター・マルオカ、どうしたの」

「どうしたのって、どうもしないよ」

「わが耳は、千マイル先のライオンもとらえることが出来る」

「君の耳は一メートル先のジュズカケバトもとらえることが出来る」

「しーっ。話題を変えないでくれ。マルオカのあの声は歓喜に満ちていた」

「僕、何かいった？」

「オーケーとね。あれは、ミレーヌ嬢が本の入荷を待ってくださいといったのに対し、君が了解の意を伝える程度の音声じゃないね」

「あのオーケーはどういう音声なんだ」

「わたしといっしょにセーヌに飛び込んでといわれ、君が即座に承諾したような、そんなトーンだったな」

「彼女、水着姿で飛び込むのかな」

そこへミレーヌがもどってきて、眼をくるっとひらき、何を話しているのという顔をした。

「マドモアゼル・ミレーヌ。僕たちはね……」

丸岡はヘミングウェイの口を封じるため、やむを得ぬ一手を使った。喉に空気を詰め、クックックとハトの鳴きまねをしたのだ。

「マルオカ、それはないよ、それは」

声をうんと落としながら、ヘミングウェイは丸岡にぴたっと身を寄せた。そして両手を防音壁にし、丸岡の耳へさらに小声を吹き込んだ。

「ハトを食ってるのを知ったら彼女に同情されなくなり、保証金を払わされちまう」

「ごめんごめん、クックック」

ヘミングウェイはあわててミレーヌの方に向き、話題を急転回させた。

「ミレーヌさん、ジェームズ・ジョイスの『ユリシーズ』、ここで出版したんだよね」

「そうですよ」

「ジョイスはよく『ミショー』の店で食事してるようだけど、こっちは貧乏であの店にはとても行けないよ」

しっかりと貧しさを売り込んで、奥の貸本コーナーへと消えて行った。

さて翌日、ミレーヌと落ち合う教会は彼女の書店と目と鼻の先にある。菫色のとんがり帽子を天に向け、白亜の鐘楼が淡い水色の空に佇立している。すっきりと、神々しいほどに高貴なこの教会、ベネディクト会の大修道院だったそうで、夕刻でも観光客が列をなしている。

あっ、来た来た。小さく手を振りながらミレーヌが近づいてくる。歩調は早いけれど、丸岡は跳ぶように来てもらいたかった。スカートが膝上ぐらいしかなくタイトにしまっているから、物理的にも加速は無理だろう。スカートの色は濃紺、一方ジャケットは首のつまった軍服風、色もフランス海軍の浅黄色だった。丸岡が右手をこめかみに当て敬礼すると、ミレーヌも同じポーズを返した。

道々、これから行く画廊について丸岡が質問した。

「そこは君の懇意な店？」

「そうでもないわ。友達の紹介で弟の絵を見てもらったの」

「売ってもらおうと？」

「そのつもりで持ち込んだのだけど」

「断られた？」

「預かっておくと」

「そこの店主、英語は通じる？」

「たぶん話さないわ。たとえ話せても」

「君、通訳やってくれる。商談が成立したら、僕の受け取るマージンの一割を通訳料として払うから」

「ありがとう。ミンクのコート買いたいな」

「そのかわり、僕の言葉を忠実に訳してもらいたい。たとえ、事実に反しても」

「嘘をいえというの。おお、神様」

画廊はすぐ近く、サン・ジェルマン通りを書店の方へ五分ほど行った所にあった。石造りの建物の一階、ショウウインドウに金色を塗り込めた木馬が飾ってあり、それがいかにも安っぽく、「うちにお宝はありません」と泥棒除けにディスプレイしてるように見えた。中は奥行きが長くて、左右の壁に、油彩、水彩、デッサンがずらりとかけられ、その展示に主張の一貫性が感じられず、万国旗を見ているように目がくるくるした。

店主の顔が見たいな。そう思ったとき奥から痩せてのっぽの、三つ揃いを着た男が現れた。顔も体つき同様に細長いが、目が不似合いに丸っこく、ちぐはぐな点に愛嬌があった。

「この方、日本の新聞記者のマルオカさん」

「こちらは、ムッシュウ・オリベール」

ミレーヌが互いを紹介し、丸岡が今まで使ったことのない新聞社の名刺を差し出した。

「おお、私、名刺持ってません。ここにこうして居ることが店主である証明です」

「たしかに、そのようですな」

丸岡はフランス語で店主にいい、ミレーヌには英語で、次の内容の通訳を命じた。「この方は美術専門の記者であるが、絵画取引のプロでもある」

彼女は青い瞳に、茶目っ気を通り越した非難の色を一瞬見せ、それでも通訳は行った。

「絵はあなた自身が売り買いするのか」

「いや、日本の大実業家の委託を受けている。この人物は浮世絵の膨大なコレクターでもある」

「浮世絵なら引き受けるよ。ウタマロでもシャラクでも」

「何点か手放してもいいのがあるかもしれない。聞いておきますよ」

「いつ頃返事もらえるか」

「それは答えかねる。自分は確実なことしかいえぬタチでね。それより、ゴッホ以降で何かいいものを買ってこいといわれている」

「バルビゾン派なら半年待ってもらえば何とかなる」

「あそこにかかっているのはセザンヌでは」

「レプリカだよ。マルオカさん、芸術的価値はこっちが上と思わないか」

「値段はどうなんです。本物より高くつけることが出来ますか」

「あんた、わが画廊に冷やかしで来たのなら、帰ってくれ」

ミレーヌは店主の方の通訳もやるわけで、「帰ってくれ」のところ、あごをしゃくってみせた。

「失礼しました。じつはパブロ・ピカソが手に入れたくてね」

「ああ、あれは金満国のアメリカが買い漁ったのと、最近じゃこっちのドゥーセというデザイナーが買い占めやがった。そういえばピカソ、モデルをさがしていたな」

店主がミレーヌに顔を向け、意向をうかがうような様子を見せた。ピカソはとても手が早いそうじゃないか。丸岡は通訳を飛ばし、フランス語で店主に聞いた。

「あなた、ピカソからじかに頼まれたのですか」

「いいや、友人の画家からだよ」

「ヌードモデルかしら」ミレーヌが暢気な顔してたずねた。

「いや、彼の『オルガの肖像』のようにちゃんとドレスをまとって、だろう」

「うそでしょ」

「うん、うそだ。じつは、胸のふくらみにむだのない、青いリンゴの香りのする女性がいいと、注文がついている」

「わたし、ピカソのヌードモデルになれそうにないわ。わたしの裸、彼の絵のようにデフォルメされていないもの」

店主は肩をすくめ、落胆の意を露骨に表した。

「あんた、『アヴィニョンの娘たち』をいってるのか」

「ええ、わたし美術雑誌で見ました」

「あれを模写したものならうちにある。サイズは実物の四分の一ほどだが」

「それ、見せてもらえませんかね」

「よく出来ているよ。マルオカさん、買わないか」

店主の手招きについてゆくと、奥にも部屋があって、左右に二段棚をこしらえ、何点もキャンバスのままならべてあった。

「ここのも、すべて売り物ですか」

「まあ、そうでもないがね。ほら、これだよ」

丸岡はこの絵のことをキュービズムの旗揚げ的作品と聞いているだけで、雑誌でも見たことがなかった。それが、一目見たとたん驚愕し、口がぽかんと開き、言葉が蒸発してしまった。

「これはスペイン・バルセロナの娼婦の家の女たちなんだ」

「はあ、そうなんで」

返事したものの、そんな説明では何の足しにもならない。娼婦といえば古今東西、絵のモチーフとしてはその身の哀れさ、はかなさである。それがピカソはどうだろう、登場する五人の女たちにそんな影などみじんもない。左右に配された三人は顔の造作が人間の態をなしておらず、右の椅子に座った女は目の色が左右で異なり、そのうえ左目は斜め向きに、右目は水平についている。右に立っている女は黒い眼帯と緑のマスクで顔を武装しているように見える。

中央に立つ二人の女。これはわりとまっとうに描かれ、双子ではないかと思われるほどよく似ている。目をいっぱいにみひらき、肘を突き上げ、腋をあらわに見せるそのさまはひどく戦闘的である。あたしを買いたければ買えばいい、と客に挑んでいるようである。

女たちは何かをうったえ、何かを告発している。そんな意図を明確にするために顔の造作も体の関節もいったん解体され、ほしいままに構成し直したのではないか。

写実であろうとなかろうと、人が人の形をしているのが従来の人物画である。それゆえ、ピカソのこの絵には不快感が湧くはずであるのに、丸岡はそう感じなかった。解体され、再構成された五人の裸体は全体としてみると見事に調和している。そうして、橙と水色を基調にした色彩は高貴に美しく、何より生命力に満ちている。

丸岡はそんな感想を黙したまま、店主に質問した。

「いったいピカソは何がいいたいのですか」

「潜在意識下の性欲を形象化したようだな」

「たいていの芸術作品はそれで説明がつきますね」

「どうだい、買うかね」

「その前に、アルベール・オークレールの絵を見せてほしい」

「誰だって」

「この人の弟だよ」これは、フランス語でいった。

後ろにいるミレーヌが上着の裾を引っ張った。「やめてください」といいたいらしいのを、丸岡は手を払って黙らせた。店主が「ええっと、どこだったかな」といいながら、結局奥まで行った。

「こんな素晴らしい絵を、隅っこなんかに置いて」

丸岡は一瞥だけでそういい（ミレーヌもこれは通訳しなかった）、それからじっくりと鑑賞した。ピカソと比べると、従来の技法にちがいないけれど、対象に固執する作者の視線を感じさせることのない、むしろ作者の空想が対象に投影されているような夢幻的風韻をおび、不思議な情感がある。

揺り椅子に座り本を開いている娘、その足元にむっくり肥えた白毛の猫、右上にヴァイオリンを弾く男、という構図。ヴァイオリンからの旋律は小さくきらめく星の流れで描かれ、くたつとした猫の耳に達している。猫は眠りながらほんわかと笑っているようだ。唯一写実を思わせるのは娘の頰あたり、いちめんにソバカスがちらばり、ミレーヌそっくりであるが、うっすらと影の射す目のあたり、瞼の青くぼかされた色調がこんなことを想像させる。ミレーヌの目は本の頁を飛び越しヴァイオリンの銀河を見つめている。

丸岡はこの絵に既視感を覚えた。一脚の揺り椅子、安らかに眠る猫、その耳へ流れるうっすらした五線譜。そうだ、速水銀子の語った弟の絵、弟が元気になった証拠であるというその絵……。

丸岡は強い意志をこめ、先ほどのセリフをミレーヌに通訳させた。彼女、照れくさいのか、突き放すような口調になった。

「こんな素晴らしい絵を、隅っこなんかに置いて」

「いやいや、たまたまだよ。順番をつけてるわけじゃない」

「あなたもいい絵と思うでしょう」

「うんうん、まあね」

「どうもありがとう。また来ますからね」

丸岡は、相手が呆気にとられるほど唐突に商談を打ち切った。標的をピカソからアルベール・オークレールに切り替えようと決めたのである。

店を出た二人はサン・ジェルマン通りからラスパイユ通りを、モンパルナスへと歩いた。どこからか悲しげな教会の鐘、ひっきりなしのクラクション、その合間を一台の辻馬車がガタガタと通り過ぎる。歩道にはもう落葉の溜まりが出来、見上げるとレモンイエローの木の葉を透かし、薄紫の、消えがての空が見える。東京に居れば目にとまらない街の景色がこころにかかるのは異国にあるという感傷からか。

自分はいったいここで何をしているのか。

横を歩くミレーヌは自分にとって何者であるのか。

空が光を失い、街の燈火が輝かしくなった。大通りの両側はいろんな店がならび、地上の物なら何でも手に入る。中でもブティックと呼ばれる婦人洋服店は絢爛とした、女の竜宮城。女に引っ張られて男が入ると、出て来るときはしょぼくれ老人になっている。

人通りもしだいに多くなってきた。男は頭に帽子があるかないかのちがいだけで、たいてい背広を着ているが、女はとりどりである。スカートの長さからして、今日のミレーヌとチュイルリー公園における彼女ほどの相違がある。丸岡の脳裡にふと「ふらんす物語」の一節が思い浮かんだ。作者永井荷風は「夕化粧を凝らした女の姿は街中到る所に人目を惹く」と、いわゆる街の女が多いことを書いている。そして彼女らの特徴を「おもに小作りの身体付き投遣った帽子の冠り方、裾短な着物の着具合」と詳述している。荷風が渡仏してから十数年たった今も、この種の女が多いのは事実のようで、現にこの通りにもそれらしい姿が見られる。

ミレーヌが出し抜けに命令口調で告げた。

「あなたの腕をとりますからね、いいですね」

「は、はい。でも急に何だか変だな」

怒ったように強く、腕に手を巻きつけてきた。

「あっちからもこっちからも、マルオカを誘惑しようとしている」

「ああ夜の姫君のことか。しかし君、ちゃんと見分けがつくの」

「何となくね。顔はショウウインドウに向けていても、後姿で電波を発しているわ」

「あそこ、こっちを向いてる彼女はどうかな」

「ロングスカート、ピンクの髪飾りをつけたあの人ね。手を放してあげるから、声をかけてみたら」

「でも商売女じゃないだろう。投げ槍に帽子をかぶっていないし、スカートの裾も短くないから」

「それ、なんのこと」

「日本の荷風という作家がパリを見分し、街の女の風俗をそのように書いている」

「あなた、学習をしてからパリへ来たのね。残念ながらそのカフーさん、物の見方が窮屈過ぎるわ。パリの女は素人も玄人もカメレオンみたいに自在だから」

二人はル・セレクトに入った。赤、青、黄と豆電球を吊るしたテラス席は空きがなく、中に入り、こないだピカソが陣取っていたテーブルに向き合って腰かけた。ミレーヌが両手をテーブルに添え、しおらしげにいった。

「今日お給料が出たから好きなもの注文して」

「いや、君に通訳料払わなくっちゃ」

「それは商談が成立してからの話でしょ」

丸岡はビールをといい、ミレーヌはそれにポテトサラダとソーセージの盛り合わせを頼んだ。グラスをカチンと合わせて乾杯し、丸岡は一気に半分ほどを、ミレーヌも二口で同じぐらいを空にした。

「ねぇマルオカ、さっき空を見上げていたでしょう」

「うーん、そうだったかな」

「わたし、おやっと思ったの。ホームシックにかかったのかな、いいえそれとは少しちがうな、と」

「かなりデリケートなこころもちだね」

「ある種のしずけさ、蛙の飛び込んだ後の水音みたいなもの。いや、それともちがう……音の出ないヴァイオリンを無心に弾いているような、そんな表情していた」

「君はやっぱり詩人だな」

音の出ないヴァイオリンとはなあ。丸岡は自分の何かを言い当てられたような気がした。フランス語では「デ・ラシネ」といったかな、つまり、根無し草、ヴァガボンド、そのような無に近い存在。

丸岡はグラスを手に、そんなことを考えたが、それが突如飛躍して母に突き当たった。自分は母を知らない、家に写真も置いてなかったから、イメージしようもない。はたして生きているのか死んでいるのかもわからない。

丸岡はビールをぐっと飲み、母親を追っ払った。

「ミレーヌ、考え過ぎだよ。空を見上げていたのは葉の色づきが日本とちがうのに感じ入ってたんだ。日本では紅く染まるから」

「そうなの。でもわたしあのとき、あなたがふーっと居なくなりそうに感じたの」

「それで、僕の手をとったのかな」

「男が空を見上げたりするとき、想いは地上にあって、肌のぬくもりなど求めているんじゃない？　ねぇマルオカ、娼婦を好きになったことある？」

「うーん。小説に出てくる娼婦なら何人かね」

「椿姫のマルグリット、彼女、高級娼婦だけど、アルマンとの束の間の愛はとても美しい」

「アルマンの将来を考えて身を引くんだね。これ、わが国の芝居に格好のストーリーだよ」

「お金持ちと結婚して愛に満ちた生涯を送る話、おたくの国にはないの」

「実話にも小説にも、お目にかかったことないね」

「フランスにおいて、そんなこと起こらないかしら」

「僕が金持ちのフランス女と結婚するってこと？」

「何をいってるの、わたしがお金持ちと結婚するのよ。あら、ごめんなさい、あなた、あと一年何か月かで、文無しになってしまうんだ」

丸岡は憤然と腰を半分上げ、ギャルソンを呼んだ。

「冷たいビールを二つ」そしてミレーヌに向き直り、断乎とした口調でいった。「お金はふんだんにある。ビールをあと二杯は飲める」

「マルオカ、それ使わないで残しておいたら。滞在をもう一年延ばせるかも」

「一年延長する間に僕が大儲けしたら、君、求婚してくれ」

「ちょ、ちょっと、茶化さないで。わたし、ある夜、真剣に考えたんだから」

「何を」

「マルオカとの結婚よ。すると、障害がいくつも思い浮かんだわ」

「国際情勢のことか」

「それはまだ二、三年だいじょうぶでしょ」

「言語のちがいか」

「それは考慮すべきことよ。夫婦喧嘩するのに、日本語とフランス語でやったら、すれちがいになって、喧嘩にならないもの」

「英語でやったらいい」

「英語で、こんちくしょう死にやがれ、って何ていうの」ミレーヌがフランス語で聞いた。

「知ってるけど、教えないね。それで仲直りは何語でやる？」

「それは、キョウト弁で『あーしんど』といえばいい」

「間違えて、『さいなら』といっちゃダメだよ」

「そもそも、わたしたち、どうやって食べてゆくの」

「そこだよ。それこそ問題だ」

「あなた、暢気な顔して、よくいうわ。マルオカは定職なし、ミレーヌはあの書店をやめたいと思っている」

「ええっ、本当か？」

「わたし、出版社の編集者をやりたいの。希望どおり編集者になれたら、あなた、パリに残って主夫をやれる？」

「やれない。首に白いスカーフを巻いたジゴロならやれるが」

「わたしたち、根本的に結婚に不向きなのでは、と考えることがある」

「ああ絶望的だ。大戦がまた起きて、東京とパリに引き裂かれるほうがましだ」

「ねぇ絶望しないで。人間、すぐそこに明かりがあれば生きていけるわ。わたし、マルオカといると、とても楽しい」

「そうだ、一つ、われわれにとって大いなる希望がある」

「そんなことって、ある？」

「君も僕も猫が好きなこと。喧嘩しても、猫がいれば自然と仲直りできる」

「猫が好きなこと、話したっけ」

「今日、アルベールの絵を見てそう思った。君とあの白猫、きょうだいみたいだ」

丸岡はついアルベールの名を出してしまい、これはまずいかなと思った。閉じこもりの弟がいること、それが彼女の結婚障害になっているのではと気づいたからだ。ところが、話が思わぬ方向に進んだ。アルベールは、こないだマルオカのヴァイオリンを見て興味を持ったらしく、あの人を描いてみたいと言い出したという。のみならずヴァイオリンを聞いてみたいともいったそうだ。

丸岡はとっさに或ることを思いついた。

「レパートリーは少ないけど、一曲聞いてもらおうかな」

「そのうち、お願いするわ」

「いや、今晩だ」

「ヴァイオリン、どうするの」

「タクシーで下宿に寄って、君の家の下でやるよ。君は階段を駆け上り窓を開けてくれ」

「おおマルオカ、あなたって人は……」

丸岡はすぐに行動に移った。席を立ち、勘定はミレーヌの頑固さに折れて彼女にまかせ、大通りの角で客待ちしているタクシーに二箇所の行き先を告げ料金を取り決めた。

車に乗ると、ミレーヌの腕が脇に差し込まれ、顔も丸岡のうなじに触れるくらい近寄せられた。愛の行為へのワンステップ、接吻をするのに格好の距離であったが、丸岡の頭は今から弾く曲の楽譜のおさらいで、そこまで手が回らなかった。下宿に寄ってヴァイオリンを取ってきてからは、腕に抱えているので、もう一人抱くわけにいかない。

タクシーを降り、十数秒後、アパートの三階の窓が開けられ、鳩時計の鳩のような感じでアルベールの顔が宙に飛び出てきた。

丸岡はこころをこめて一曲を弾いた。自分にとって世界中で一番美しい曲、シューベルトのセレナーデを。

5 章

一九二＊年一〇月

パリの風物詩、焼栗売りがあちらこちら見られるようになった。リュクサンブール公園の前にも一つ、天幕ともいえぬほどの布を頭上に張り、太っちょのおばさんが孤軍奮闘している。ブリキの円筒状の物体が火を焚くかまど、その上に大きな鉄釜を乗せ、火箸みたいなものでかき混ぜながら焼いている。

「マロン・ショー　マロン・ショー」

おばさんは威勢のいい声で客引きをし、その上売り子も兼ねている。見ていると、つい買いたくなるが、これ、花の都の風物詩にしては野暮ったく、薪の煙は喉に痛いし、味も感心しなかった。一度、丸岡もおばさんから買い、下宿へ持って帰って食べた。パリジャンは買ってすぐ道々口に入れ、顔じゅう火がついたようにして食べるが、丸岡は小さいときから外で買い食いしてはいけないとしつけられている。この教えを守ったため、栗は冷えて硬く、あまり甘くもなかった。

栗といえば祖母が作った栗御飯を思い出す。運動会は必ずこれを作り、牛肉の炒めたのと卵焼きをおかずにつけてくれた。そういえばあの栗御飯の栗、栗きんとんとはちがう甘さがあった。天然自然の滋味が人の手の温かさに誘い出されたような、そんな甘さ。

四年生のときに祖母が死に、丸岡はこの年の運動会、さほど期待せず弁当箱を開けた。やっぱりご飯は普通の白飯、ただ、おかずは祖母と同じものが入れてあり、もう一つおまけが包みに入れてあった。丸岡の大好物、木村屋のあんパンが二個である。前日祖父が地下鉄に乗って買ってきたのだろう。少し皮が硬くなっていたけれど、あんこの味はかわらなかった。

それにしてもパリへ来てもう半年になる。ヴァイオリンをお伴にヴァガボンドをやろう、の気持が薄らぎ、何か創作しなきゃという思いがつのってきた。日本の雑誌社とも原稿が出来たら送りますと約束している。

丸岡は一月ほど前、シテ島から左岸へ渡ってすぐのサン・ミシェル広場近くに、静かで接客態度のいいカフェを見つけた。ここで小説の構想を練ろうと、ノートとペンを持ち込み一日おきぐらいに通っている。

じつはこれ、ヘミングウェイのやり方を真似たのだった。彼は朝早くから気に入ったカフェの窓際に席をとりカフェ・オ・レを飲みながら構想を練り、いい考えが浮かんだらノートに書きとめる。頭が疲れたらラム酒を飲み精神を活気づけ、たまたま素敵な女が入ってくると、よく観察し物語の中へ登場させようと試みる。彼はそんなことを丸岡に話し、「でも、物語がうまく展開するとはかぎらないな」と留保をつけた。

ヘミングウェイがカフェで書くのは、アパートが狭く妻子持ちであることが実際上の理由であろう。自分はそうでないから、静かな下宿でやるがよいのに、こんな理由を考えてカフェを選んだ。下宿の東に立つあのノートルダム大聖堂、あれが執筆の妨げになるようだ。人間を書くのに信仰の問題は切り離せないぞとおどされそうだし、ユゴーの「ノートルダム・ド・パリ」の見事な筋の展開がのしかかってくる。そのてんサン・ミシェルのカフェだと、プラタナスの並木と影、人と車の適度の往来、それに運がよければ素敵な婦人の闊達な足取り。

根拠はあさはかながら、ヘミングウェイを真似ることで、一つの使命感が生じた。何か書かねばならない、書きださねばならない。

まず頭に浮かんだのはジョセフィン・ベーカーとバナナ。これを主題に書くとして、腰ひもにぶら下げるには何本が適当なのか。シャンゼリゼ劇場で実際にショウを見たとき、眼を倍ぐらい開いて見た記憶がある。だのにバナナの数を正確に覚えていない。強烈な腰のスイングで一本のバナナが二本にも三本にも見えたのだろう。とりあえず小説では左右三本ずつとしておこう。

それでは何のためにバナナを下げるのか？　これはアフリカ産のバナナ、自分の体にはあちらの血が流れているのよ、といいたいのか、アフロリズムの野性を強調するにはバナナをぶるんぶるんさせることが必要なのか。いや、真実は別かもしれないから、とりあえず宿題としておこう。

ショウに使ったバナナはどうするのか。これは会田支局長の言に従い、みんなで食べることにしよう。ジョセフィンの腰に揺られ、バナナは黄に色づき、すっかり熟れている。だのに或る日、踊り終わってバナナをはずすと、一本だけ青いままである。ジョセフィンは反抗されたようで腹立ちを覚えるが、せっかく海を渡ってきたのだからと、ホテルへ持ち帰り、机の上に置いておく。そうして二日後の夜半、どこからか女の歌声が聞こえ、目が覚める。幼い声、母を恋する歌のようで、誰だろうと部屋を見回し、机の上にふと目がとまる。青いバナナの先っぽが裂け、声はそこから出ているのだ。ジョセフィンはベッドから飛び起き、机へ駆け寄ってバナナを手に取り、胸に抱えてベッドに戻る。そうだ、この子を返しにアフリカへ行こう、そしてこの子がうたった今の歌をいっしょにうたおう……。

構想はそこで、ばたっと行き詰った。思わぬ方向に筋が突っ走り、決着がつけられなくなった。気分転換にと荷風の「ふらんす物語」を手に取ったところ、何と移り気な、そちらへ興味が行ってしまった。

物語の中に「霧の夜」と題する、リヨンの裏街でのエピソードが出てくる。一人の女がアルコールの匂いをさせながら「あたいの宅へお出でな。すぐ其処だよ」と声をかけてくる。荷風氏が無言でいると、「あたいが気に入らないのなら、あの児をお買いよ……まだ男なんぞ知らないんだよ」とさらに誘いかけてくる。その児はなるほど、まだ十四、五歳の娘である。「お前の友達かい」と聞くと「いいえ、私の妹」と女は平気な顔で答え、荷風氏の外套の袖をつかんで放さない。さて氏はどうしたかというと、こう述べている。

「自分はどうしてこの場を逃れようかと非常に苦悶し初めた折から、幸い此方へと凸凹した敷石を歩いてくる人の跫音を聞付けた」

かように荷風氏、行儀よく身を処したようだが、丸岡小説は真似するわけにいかない。リヨンまでの旅に禁欲を続け、体は元気旺盛、そのぶん独り寝の侘しさが限界に来ている。それに妹という娘、十四、五には見えず、大人の色香を感じさせる。幸か不幸か「ふらんす物語」とちがって、こちらへ歩いてくる足音も聞こえない。男は、苦悶を十倍薄めた程度の、気のとがめを感じながら姉に金を払い、妹をホテルに連れてくる。部屋に入ると娘がいう。「お風呂に入りたいな。長いこと入っていないの」男はちょっと考え、こう答える。「それじゃ私が先に入ろう。あんたはゆっくり湯に浸かるといい」男はシャワーを浴びるだけにし、煙草を一本くゆらしてからベッドに入る。もう気のとがめはさらに無く、いやに長い入浴にも、たのしみは待たされる時間に比例する、などとつぶやくうち、つい眠ってしまう。そして、気がついたら枕元に紙切れ一枚が残されている。

「おじさん、僕は男の子です。ごめんなさい」

何だか尻切れとんぼである。妹である少年が風呂から出てきて男の前に立ち、びっくりさせる場面を加え、それから家の貧しさをえんえんと言い立て、男がさらに何がしかの金を差し出す、というのはどうか。これでは話が修身くさくなって、旅の侘しさが少しも表せていない。

またしても構想はあえなく頓挫した。

それでもノートには何やかや書きつけ、次のような詩の一篇、いや、戯れ歌のたぐいが残されている。

雨とミモザの　夜の婚姻
石畳　真っ黄に染まり　純白の蝶一羽
電波塔の果てへ飛ぶ

サクレ・クールに　春の雨降る
鐘の音のハレルヤ　鳩は身ごもり
セーヌは眠る　花のときまで

ミラボー橋の下　あまたのウグイ死に

ちりじりの骨片　海をただよふ
アルチュール・ランボウ　未完の詩集

巴里祭の夜に降る　雨は恋歌
踊れカンカン　モンマルトル
馬車はガタガタ　モンパルナス

花を売り春を売る　ブールヴァールの女たち
この宵は　濡れそぼつ街路に立たず
コンコルドの刑場に　コキュ男の影一つ

されどされど　パリの雨はやさし

小説のネタといえば、これを提供してくれそうな男がカフェに現れた。まだ暑さの残る或る日、「君、春にドームでキーキー弾いてたな」隣の席から声をかけ、さっとしなやかに丸岡のテーブルに移ってきた。

「俺、あのとき草競馬を大声で歌ったよ」

「そのあとの献金は？」

「すまん。小銭しか持ってなかったもんで」

男はアメリカ人、フリーランスの記者で、名前はサム・ロバートソンと自己紹介した。丸岡も名前を教え、「目下、風来坊の日本人」と応じた。齢は自分より二つ三つ上か、すっきり形のいい頬にひげ剃りあとが青々しく、一見鋭く見える切れ長の眼の、微笑むと少年っぽく見えるのがとても好ましかった。

「フリーランスの記者って、どんな記事を書いてるの」

「色々さ。だいぶ前にたまたま入った店で変な男と知り合ってね」と早速取材した一件を披歴してくれた。

その男は北駅近くの裏路地で一人カウンターバーを営んでいて、左腕が付け根から無く、腕の閉じたシャツを着ていた。サムがふらっと店に入りすぐにシャツの異状に気づくと、「これですかい」といって説明をはじめた。男は、先の大戦中、アルザスの野戦で砲撃を受け左腕が吹っ飛んだといい、当時の天候、地理、戦況などつぶさに話し、これは事実にちがいないと思わせた。ただ、その左腕が村の教会のステンドグラスに突き刺さり、同時に教会の鐘が鳴りだしたという幕切れはどうも作り話くさかった。

数日後サムは自然に足が向き例のバーへ行くと、「旦那、先日の話、記憶ちがいでね」とことわり、語りだした。

「腕を落としたのはアルザスじゃなく、シチリアへ無銭旅行をしたときでさあ。あっしは歩きくたびれ、ふと見ると大きな屋敷の門にロバがつないであった。これはいい、こいつをちょっくら借りて丘をひと回りしてこよう。ロープをほどき、ひょいと乗っかるとロバはあっしを受け入れフフフンといなないた。こいつ牝っ子らしいな、牝のロバは気立てがええもんで、安心して乗っていると五分ほどしてしゃがみ込み、あっしの背中に何かが当たった。後ろを見ると、別のロバが赤い目をしてあっしをねめつけ、『邪魔だから、どきやがれ』と、鼻息をふっかけてきた。『わかったよ、赤目の色男』あっしは牝ロバの耳に『やつの鉄砲は的に当たる前に暴発するから、安心しろ』と言い聞かせ、ロバを降り、色男の暴発を見物しようとゆっくりと後ろへ回った。しかし、これはあっしの大誤算、後ろに到着したときはもう終わっちまっていて、牝ロバがフフフンといなないていた。

一部始終を村人が見ていて、飼主に注進に及んだ。飼主というのがアメリカに渡りマフィアのボスにのし上がったやつで、たまたま帰国していたから、あっしも運が悪かった。『てめぇのせいで、マイ・ラヴリィ・ドンキーが孕んでしまった。あの馬鹿ロバが父親じゃ、ろくな子は出来ねぇ。おい、あれを持ってこい』子分に命じ、持って来させたのが、人の顔の倍はある斧。『旦那、実際問題、ユア・ラヴリィ・ドンキーも男が好きなんでさあ』といったら、もう斧がひと振りされ、あっしの左腕が吹っ飛んだしだい」

サムはそこまで話すと、このあとの経過わかってるよね、と丸岡に水を向けた。

「うんわかってる。腕は村の教会のステンドグラスに突き刺さり、同時に教会の鐘が鳴りだした」

「ところでミスター・マルオカ、君のそのノート、何が書いてあるんだい」

卓の上に開いたノートを見て、興味深げにたずねた。今度はこちらを取材しようというのか。

「ちょっとした雑文だよ」

「こんな人の出入りする所で書けるのかい」

「ミスター・サムはどこで書くの」

「アパートの自室だよ」

「マンネリズムにならない？」

「セザール・フランクのレコードをかけると、ぴっぴっと霊感が湧くんだ」

「有名なヴァイオリン・ソナタ？」

「いや、オルガン曲の『三つのコラール』さ」

「それ、聞いたことないな」

「とてもいい曲だよ。大バッハの顔がセーヌの霧を透かして幽かに見えたりしてね。そうだ、今から家へ来ないか。もし部屋の具合もレコードも気に入れば、君、執筆に使えばいいよ。俺は夜しか書かないタチだから」

「ありがとう。僕はここが十分気にいっているから」

「うーん、そうか……」

サムはぎゅっと目をつむり、オルガンの低音みたいな声で残念がった。

カフェにおける二度目の会話は次のように進んだ。

「ミスター・マルオカ、ココ・シャネルを知ってるか」

「知らないね、何をしてる人？」

「ファッション・デザイナーの女性だよ。雨傘みたいなつばの帽子を簡素なものにしたのが初めらしい」

「その人にも取材したの」

「うん。イゴール・ストラヴィンスキーに紹介してもらってね」

「『春の祭典』のあのストラヴィンスキーに？」

「うん、前に取材したことがあったのさ。彼、ソ連から逃れてきたとき、ココ・シャネルに住まいを世話してもらったそうだ」

「二人はロマンスの関係？」

「おいおい、俺はそこまで聞かなかったぜ。でも彼女はすごい美人だし、何事にも情熱的だから、あり得るだろうな」

「冗談で聞くけど、君に対しても情熱的だった？」

「本気で答えると、ノーだ。しかし俺は、彼女がコルセットをつけてないことを知ってるぜ」

「コルセットって？」

「おい君、それも知らないのか。つまりだ、女の体の線を綺麗に見せるため腹や腰を締めつける下着の類さ」

「彼女がつけていないと断言するのは、実際に見分したわけ？」

「ノーノー、コルセットから解放されようというのが彼女の信念なんだ」

「勇ましい人だね」

「以前は男用の下着にしか使わなかったジャージーを婦人用のジャケットなどに用いたのも彼女だよ」

「こだわるようだけど、コルセットなるものを取っ払うと、女は貞節さを失うんじゃないのかな」

「至言であるな。解放と放縦は紙一重だからね。さーてと真面目な話をしよう。俺がシャネルに聞きたかったのはただ一点、女の美とは何か、ということ」

「彼女、何て答えた」

「女の美しさとは、自分らしくあること」

「ふーん。実行は難しそうだね。猫はつねに自分らしくあるけどね。それでサム、記事は出来たの」

「ノーだ。彼女、おしまいにこんな話を自分からした。父は飲んだくれで、十二歳のとき母が亡くなり、孤児院である修道院に六年間世話になった。ここで裁縫を習得したのだから大恩があるのに、自分はこのことを秘匿してきた。今のまま上昇気流に乗っていたい、暗い過去のため墜落はしたくないの。でも、いずれ明かさねばならないと思っている。そのときはあなたに頼むから、真実を書いてくださいい、と」

「ふーん。ココとサムに密約が交わされたのか。この二人、どうもあやしいな」

「俺はそんな男じゃないよ。いずれ君もわかるだろう」

カフェでの三度目、サムは今週アメリカへ帰ると告げてから、面倒そうにいった。

「片腕の男の話、もう聞きたくないだろう」

「シチリアは記憶ちがいだったんだね。聞きたいな、ぜひ」

「アメリカのモンタナで木こりの助手をしてたんだとさ」待ってましたとばかりサムが話しだした――親方に明日はお前一人でやってみろといわれ、男はよーがすと引き受けた。まかされたのはアメリカ杉の巨木で、幹回りが九メートルあった。えいっと斧をひと振りすると、どこかに蚊が止まったようだと木にからかわれ、斧の刃が真っ二つに折れた。男は思案の末、バスクの山賊だった叔父がくれた万能ナイフを使うことにし、これを幹に刺し、ごりごり回して穴をあけ、幹の周囲に計二十個の穴を作り、そこへ枯草をぶっ込んだ。そして煙草の火をちょいちょいとつけて回ると、巨木は葉巻をくゆらすように満足げに煙りを吐き上げた。男はこれでよし、お前が倒れるのは時間の問題だわ、バカな巨木めと悪態をつきながら横になり、すぐに寝ついた。どのぐらいたったか、ゴーゴーとすごい音がして目が覚めた。あれは竜巻の音にちげぇねぇ、こちとらへ加勢に来てくれたときたもんだ。念のため地べたに這いつくばって到着を待っていると、耳も目も鼻もぶっつぶれ、顔がのっぺらぼうになるほどの悪臭と轟音に襲われた。何と目の前に、野牛の一種、一トンはありそうなバイソンが突進して来、一瞬後、男は尻ごと持ち上げられ空へ放り出された――。

「ミスター・サム、それで男の腕がどうなったかは、いわんでよろしいよ」

「問題はアメリカ杉の巨木だよ。どうなったと思う」

「全部燃えてしまったのかな」

「いや、火は無事に消し止められたそうだ。現れたバイソンはモンタナ消防隊の隊員だったんだ。自分の鼻でサイレンを鳴らして現場に駆け付け、頭突きでもって木の燃え上がりを防いだそうだ」

　サムはぴたっと言葉を切り、にわかにかしこまった顔になった。

「ミスター・マルオカとも今日かぎりだね」

「いつかまた会えるかもしれないよ」

「君がアメリカに来てくれるならね。俺、しばらく小説の執筆に集中するつもりなんだ」

「そうか。片腕のホラ男を書いたら、マーク・トゥエインの再来といわれるよ」

「一つ、伝えたいことがある。口でうまくいえないから、君のノート、一枚破ってくれないか」

丸岡はそのとおりにした。サムは胸ポケットのペンを取り、渡された紙片を手元に寄せ、その上にかぶさるような姿勢になった。そしてすぐには書きださず、ペンをくるくる回したり、額に手を当てたりした。フリーランスの記者にしては筆の運びが遅いな。いったい何をためっているのだ。初めてラブレターを書く少女みたいじゃないか。思考がそこまで来て、丸岡ははたと思いだした。先日ココ・シャネルを話題にしていて、自分が二人の仲を勘ぐるようなことをいったとき、「俺はそんな男じゃないよ。いずれ君もわかるだろう」といったことを。そうか、そうだったのか。サムはこの俺にラブレターを書こうとしているのか。丸岡は彼の方を見るのがわるいような、切ないような気がし、目をつぶり彼の出方を待った。

「やーめた」

サムは紙片を四つに畳んでポケットに入れ、眩しそうな、いくらか泣きそうでもある眼差しを丸岡に向けた。

「何を書きたかったか、わかったろう」

「まあ、なんとなく」

「それじゃ元気でな」

「うん、君もな」

二人は握手を交わし、互いに手を叩き合った。

到る所に秋が告知されている。冬へ、半身を向けている太陽。高く、透明にちかい空。ブールヴァールのそちらこちら、黄色い葉の吹き溜まりが出来、円いその堆積に午後の日が射すと、光とともに浮き上がり、そのまま揮発するのではと見えることがある。

黄葉といえば、速水銀子と行った靖国神社の招魂祭。ヴァイオリンレッスンの帰り、たまたま道連れになった二人がちょっとした脱線を試みたのだった。

九段坂の大鳥居から本殿まで露店がならび、見世物小屋もいくつかあった。その一つに「半美女半人魚」というのがあり、そのとおりの看板がかかっていた。「ねぇ、人魚って本当にいるの」「さあ、デュゴンという説もある」「それが人間の美女とどうつながるの」「上は人間の女、下は人魚のハリボテをつけてるんだろう」「丸岡さん、見たことあるの」「ないさ。あるわけないだろう」「ねぇ入って見ない」「ダメダメ」実際は中学のとき、厚化粧のおばさんが鯉幟みたいなのをまとっているのを、ドキドキしながら見たことだ。銀子をうながし歩を進めようとすると、隣の露店でまた足をとめた。ステッキと雨傘が物干し竿のような棒に吊るしてある。「わたしの祖父ね、『夜店のステッキ』と呼ばれていたの」「それ、大実業家のおじいさんのこと?」「大じゃなくて、中実業家よ」「夜店のステッキを買うのが趣味だったのか」「これよ、これ」銀子が手で鼻の下を掻くようなマネをした。「ちょびひげを夜店のステッキと呼ばれていたわけ?」「そう、わりとすかすかだったの」。

その二つ隣がうどん屋で、銀子はここでも足をとめ、腑に落ちぬという顔で質問した。「ねぇ、うどんと大福餅をいっしょに売っているのは、なーぜ」「さあ、どうしてだろう」「ステッキと雨傘というのはわかるの。親戚のようなものだから。でも、うどんと大福じゃ、矛盾を感じる」「いっしょに食ったら腹の中で矛盾が起きるのか」「ああ、どうしよう。お腹がグーと鳴っちゃった」「こちらもグーと鳴りそうだ」二人は中に入り、きつねうどんを食べた。「ああおいしい。これ、東京のうどんと味がちがうね」「関西風だからさ。大福も食ってみるか」「同じ頼むなら、うどんをもう一杯」「本当か」「冗談よ。でも本場で食べてみたい」「いっしょに京都へ行こうか」「うーん、いつかね」。

外へ出ると、酔っているのか男が一人、急接近して銀子に抱きつこうとした。銀子はとっさに丸岡へ身を寄せ難を免れたが、その際奇しくも二人の手と手が合わさった。丸岡はこの機に、本殿で柏手を打つまでこのまま行こうと方針を定めた。だが数歩あるくと、「あらっ、銀杏が」と銀子がびっくりしたように空を見上げた。つられて丸岡も空へ顔を上げ、その瞬間銀子の手がさっと引っ込められた。ああやんぬるかな、丸岡はなおしばし銀杏の大木に目をとどめた。全身黄葉し、夕日に燦と映じ、黙然と佇立するその姿を。

先日モンパルナスへ行く途次、空を見上げていたとミレーヌにいわれたが、見ていたのは銀杏の残像であったのか。

パリへ来てからときおり朝まで眠れぬことがある。そんなときは決まって早目にベッドを抜け出しヴァイオリンを携え外に出る。行くのは島の突端、栗の大木の下である。誰も人のいないことが多く、人のいるときは別の場所でキーキーいわせレッスンする。

この日は男がひとり、大木の下にいた。木はあらかた葉が落ち、幹も枝も蒼白く乾き、何か空虚なものをイメージした造形のように見えるが、はなればなれに幾つか、褐色のイガが残り、こればかりは空っ風が吹いても落ちそうになかった。

男は下流を向いて立ち、何か話していた。それは無意識のつぶやきでも、演説のリハーサルでもない、絃のひびきにも似た語り口。正確なテンポを踏まえた抑揚のなか、フランス語の流暢さ、やわらかさが溶け込んでいる。

丸岡は思いがけずいいものに出会った心地がして後ろに佇み、区切りがついたと見るや盛大な拍手を送った。男はゆっくりおもむろに後ろを向き、「誰か盗み聞きしてると思ったよ」といってニヤリとした。齢は五十歳ぐらい、黒々とした髪を真ん中で分け、濃い眉がぴんと張り、深く澄んだ眼はニヤリとしても知的に見えるほどであった。

「詩を朗読でしたか」

「ランボウのバトー・イーヴルをね」

男のいう詩の題は「酔っぱらいのボート」とでも訳すのか。後に丸岡は小林秀雄が「酩酊船」として訳したのを目にしたことがある。ランボウの十七歳の作だそうで、小林訳のうち数行だけ頭に残った。

「われ、非情の河より河を下りしが、船曳《ふなひき》の綱のいざなひ、いつか覚えず……船員も船具も今は何かせん。ゆけ、フラマンの小麦船、イギリスの綿船《わたぶね》よ……」

さて丸岡は栗の木の下で、もう一つ、フランス詩を知った。アンコールして聞かせてもらった、ボードレールの「旅のいざなひ」で、後日、これは鈴木信太郎の訳で読んだ。

「わが児、わが妹、夢に見よ、かの国に行き、ふたりして住む心地よさ。長閑に愛し、愛して死なむ、君にさも似し、かの国に……」

学者風紳士が朗読を終え、丸岡が一礼して去ろうとすると、

「お若い人、あなたは日本人か」

「はい、そうです」

「日本にも詩を朗読する芸がありますか」

「あることはありますが、主に中国の詩を吟じるのです」

「一つやってもらえないか」

「僕には手に負えません」

「それじゃ、ヴァイオリンで、お国の曲を」

「うーん、人に聞かせるほどの腕じゃないので……」

丸岡の瞼に唐沢先生のラッキョウ顔がぬーっと浮かび、耳にたこの訓戒が聞こえた。「人前で弾くときは自分をマエストロと思え」そんな無茶な、暴言だ、とは思うものの、ここでひるんじゃ男がすたれる。そうだ、「越天楽」はどうだろう。あれならさほど技巧を要しないし、歌

唱を加えればほころびを隠蔽できる。

「それでは越天楽という曲を」

「なに、エッテンラク？」

「ウイ、ウイ」

丸岡は一度深呼吸し、それから歌い、かつ弾きだした。

「春の弥生の　あけぼのに　四方の山辺を見渡せば　花ざかりかも　白雲の　かからぬ峯こそなかりけり」

丸岡は二番以下を知らないので一番をくりかえした。この曲、弾きやすいはずだったが、芸術家風でもある紳士を前に力んでしまった。低音部にビブラートをきかせようとして、イタチのすかし屁みたいな音を排出してしまった。それも一度ならず二度も。

「おー、素晴らしい」

紳士は力を込めて手を叩き、おまけに「ドビュッシーの『牧神の午後』を彷彿させるな」と付け加えた。丸岡は、ドビュッシーはわずかに名前を知っているだけ、だのに御意でござりまするといった顔をした。

「ところで二度、気の抜けたというか、いや春の野のように長閑な音を出したね」

「はあ……はい」

「あれをモーツアルトに聞かせてやりたかったね。彼はトランペットの音色を好まず伴奏にしか用いなかったが、ラッパの中に物を入れて吹くと君の出したような音になる。ミュート奏法というんだが、モーツアルト、これを知っていたら、素晴らしいトランペット協奏曲をものしたろうな」

「なるほど、ウイウイ」

紳士は向うから手を差し出し、二人はねんごろに握手をした。背丈は丸岡と同じぐらい、体も細身であるのに、握力ときたらバスクの山賊ほども強かった。

この三日後、ミレーヌ・オークレールから手紙が届いた。白い便箋に躍るような英文がしたためられていた。

「過日は路上音楽の贈り物、ありがとう。窓から身を乗り出した弟が落ちはしないかとズボンのベルトをつかみました。同時に演奏が始まり、手を放してしまいました。出だしを聞いただけで胸をきゅんとつかれ、引き込まれたのです。ああ何という優しさ、何という悲しさ、何という美しさ。眼から涙がほとばしりました。

さいわい、弟は自分で姿勢を立て直し、落下を免れました。これ、彼が自立するきっかけになるとよいのですが。

女らしくないことに、私、まともに泣いたことがないのです。小学生のときクラス一の悪童にお下げを引っ張られ、そのチャンスが与えられたのに、その子を蹴っ飛ばすのに夢中になってその機を逸してしまったしだい。

父の葬儀においては、遅くとも讃美歌をうたう段にはそうなると、ハンカチ二枚用意して臨みましたが、わずかにうるんだ程度。いつかお話しますが、私は半年前に父の死を予感し、それから胸の内で少しずつ泣いたので、臨終にはすでに総量に達していたのです。

そんな私がなぜ先夜泣いたのか。あなたの渾身の演奏を聞き、フランツ・シューベルトの薄倖の生涯に思いが行ったからです。ああ神はなぜ一人の心優しい青年をあれほどの目に遭わせねばならなかったのか。その埋め合わせに、これほど心に沁みる名曲を作らせたのか。

偉そうなことをいって、じつは私、パリ音楽院の受験にしくじったのです。つまり、オンチかどうかと問われれば、沈黙するほかないのです。そんな私ですのに、ピアノリサイタルの切符が二枚届きました。巨匠コルトーさんの弟子で、父とも交友のあったピエール・オットーという人がモーリス・ラヴェルを弾くのだそうです。

マルオカさん、ラヴェルはまだお国ではあまり知られていないでしょ。たぶん今五十歳ぐらい、パリ音楽院に十六年も在学したという変人です。三年前、彼の『ヴァイオリンとチェロのためのソナタ』の初演を聞き、最初の何小節かで、自分のオンチさを悟りました。それは耳から頭に伝わらず、瞼の中を硝子片みたいなものがキラキラ通過するばかり、私はギロチンにあったようにコトンと眠りに落ちたのです。

あなたならこんなサマにならないでしょう。そのパシフィック・オーシャンのような感性がラヴェルを感得し、共感し、帰国後彼の音楽を広めることでしょう。

そういうわけで、このリサイタル、あなたが行かれるのなら私もお供します。その場合、もし私がふたたび居眠りしたとしても気になさらないでください。でもイビキをかいちゃオットーさんにわるいから、鼻の通しをよくしとかなくっちゃね。」

リサイタルは翌週の日曜午後二時からソルボンヌの東にある小教会で行われた。予めシェイクスピア書店の前で待ち合わせた二人は、雨の日に結婚行進をしたとは別の足取りで表の石段を上り、中に入った。

と、ミレーヌが「あらっ」といって急に足を早めた。礼拝堂の扉の前に立つ男が知り合いのようで、男はさあお出でとばかり手をひろげ、ミレーヌがそこへ進み出て軽く肩を抱かれる形になった。

「マルオカさん、こちらの方、ピアノのコルトーさん」

ミレーヌに紹介され、丸岡はあらためて男を見た。あっ、あの栗の木の下の。

「やあ、奇遇だね、日本のドビュッシー君」

「その節は素晴らしい朗読を」

「あなた方、お知り合いだったの」

「マドモアゼル・ミレーヌ、人間というもの、一度会っただけで昵懇になることがある。君たちはもう百度くらい会ってるんじゃないか」

コルトー氏はそんな誘導尋問を仕掛け、眉の奥の眼球をぴかりと光らせた。ミレーヌはこれに乗らず、丸岡の名前を氏に告げてから、「コルトーさんとわたしの父、パリ音楽院で同級だったの」と教えた。丸岡は、そういえば君はパリ音楽院を、といいそうになり、「今日演奏されるラヴェルもたしかそうだよね」とごまかした。コルトー氏は性懲りもせず、もう一度誘導的質問をした。

「マドモアゼル・ミレーヌ、この方のエッテンラク、聞いたことある？」

「それ、何ですか」

「日本の名曲さ、マルオカさんの十八番だよ。聞いたことないの」

「はい、一度も」

ミレーヌがつんとした顔で答え、コルトー氏、眼をしばしばさせ、安堵したような表情を浮かべた。ミレーヌを娘のように思っているようだ。

コルトー氏は門下生が多いようで、わずかの間に人の輪が出来るほどになった。二人は輪を抜け出し、礼拝堂へ入った。内部は左右の側廊に火燈窓がならび、わりと明るく、天井は高い半円のアーチ、そこに、銀色の果樹でもあるようなシャンデリアが二つ。椅子は教会でよく見かける長椅子ではなく、一人用の背もたれ付きで、ざっと二百席はある。二人は後ろから三列目に腰かけた。

「あなた、エコール・ノルマルはご存じよね」

「国立高等師範学校？」

「それとは別の、正確にはエコール・ノルマル音楽院。私立学校で、コルトーさんが設立したの」

「パリ音楽院があるのに」

「あそこのやり方があまりに専門化、技術化していたためよ」

「ラヴェルはよく十六年もいたね」

「しーっ。一時間もいなかった人もいるのよ」

「コルトー氏、エコール・ノルマルで何をしようとしたの」

「学生に広い教養を身につけさせること。コルトーさんの授業は詩を朗読するように美しい語彙に溢れてるんですって」

「ああそれでわかった。あのランボウ、あの旅のさそひ」

「それ、何？」

「シテ島の栗の木の下で詩の朗読を聞かせてもらった。だから僕はコルトー先生の門下生なんだ」

本日の主役ピエール・オットーが説教台の除かれた壇上に登場した。燕尾服を着、顔はほっそりと端正、縮れっ毛を肩まで垂らし、ショパンかシューマンを弾くみたいだ。

演奏が始まった。「夜のガスパール」という題名である。丸岡は初めて聞くラヴェルの、一音とて聞き逃すまいと、目をつむり耳を澄ませた。冒頭いきなりピアニッシモが連続し、技巧の極致を見せつけられる。その音質は水晶のように透明で美しく、聞きようによっては流星群のきらめきを音にしたともとれる。旋律は単調といえば単調、難解といえばそうもいえる。ミレーヌが耳から頭に伝わらなかったと書いていたが、この音楽、人間のドラマと関わりのない何かであろう。そのうち丸岡の瞼に、綿雲の群れがふわふわ浮かび、急激に眠くなった。

じつに失礼なことではないか。ラヴェルの名誉のためにいえば、「夜のガスパール」は決して退屈な曲ではない。退屈といえば、後になって知った彼の「ボレロ」こそがそうであった。この曲は、同じメロディがこれでもかこれでもかと、お百度参りのようにくりかえされる。春、地表に出ようとするモグラがためらい、またためらって、地中を往ったり来たりするときの伴奏音楽なのだ。

丸岡が眠くなったのはしごく単純、朝まで眠れなかったからだ。昨夜、床に入って寝つきそうになったとき、明日ヴァイオリンを携行しようかと、余計なことを考えてしまった。会場は名も知らない教会で、小さそうだから内輪の発表会だろう。こちらのヴァイオリンを見て、君も一曲弾けよと誰かが言い出すかもしれない。むろん初めは丁重に断るのだが、日本の曲聞きたいなと懇願され、そこにミレーヌの拍手が加わったら断りきれるもんじゃない。

だがしかし、同じ弾くなら、エキゾチスムで奇を衒うより洋楽で勝負したい。メンデルスゾーンの協奏曲はどうだろう、あれの出だしなら暗譜で弾ける。ベートーヴェンのロマンスはどうか？　バッハのシャコンヌは？　ああ、まずまず無難に弾けるのはシューベルトのセレナーデだけであり、もうミレーヌに聞かせてしまった。

輾転反側するうち夜がしらじらと明け、やっと正気にもどった。ヴァイオリンを持っていかなきゃ、弾かなくて済むわけだ。

丸岡はラヴェルを耳にしながら眠ってしまった。寝てはならぬという意識があるので、半分寝ている状態だったのか。瞼のどこかで、ミレーヌのいう硝子片のきらめきを見ていた気もするが、次のような夢を見たから、やはり眠っていたのだろう。

おかしな夢であった。ミレーヌの手紙に「鼻の通しをよくしとかなくっちゃ」とあったのが頭に残っていたのか、耳鼻科の医師に診察されているのだ。その医師は六年生のとき実際に診てもらった団子っ鼻の先生で、記憶どおり夢が進行した。「これは軽症の蓄膿症だ。最新の治療をするから看護婦さんと洗面所へ行きなさい」看護婦に手を引かれ洗面所に行くと、管の先にスポイトがついた器具があり、それを鼻に突っ込まれ、看護婦が「行くわよ」というと、鼻の中へ液体がどっと入り、窒息しそうになった。「どうお、鼻通った?」「はい。さようなら」ここまでは事実どおりであったが、夢はまだ続き、看護婦に耳の中を見られ、「ここも詰まってるわよ」と別室へ連れて行かれる。そこにはラッパのついた蓄音機があり、「丸岡君、犬と蓄音機の絵、見たことある」「はい」「あの犬のとおり、君もラッパに耳を傾けなさい」のやりとりの後、レコードがかけられる。「ブラームスのハンガリア舞曲よ」「僕、好きです」ところが実際に耳にしたのは聞いたこともないピアノ曲。ああどうしよう、耳が変になったんだ、どうしよう。絶望に陥ったところで夢がさめた。

このとき、実際に耳にしていたのはラヴェルのピアノ曲であったろうが、これが夢のさめた原因ではなかった。爪先をミレーヌにつつかれたのだ。

丸岡はぱっと目を開け壇上を見た。ピエール・オットーが椅子を起ち、深々とお辞儀をし、それも三度もやった。

「あの人、礼儀正しいね」

「何をいってるの。終わったのよ」

「ちょっと眠ってしまった。それで休憩時間はどれぐらい？」

「アンコールも終わったのよ」

「うそ。僕は目をつむっていたけど、ずっと聞いていたよ。その証拠に瞼に硝子片がちらちらしていた」

「あなた、『眠れる王子のためのパヴァーヌ』を聞いていたんじゃない」

「ラヴェルにそんな曲あるの」

「本当の題は『逝ける王女のためのパヴァーヌ』」

「君、眠らなかった？」

「隣に先を越されたもの」

「ラヴェル、退屈しなかった？」

「それどころか、新しい発見をしたわ。七度や九度の難しい和音を冒険的に使い、しかも調性はちゃんとされている」

「おお君は天才だね。こんな人をパリ音楽院は……」

「なぜ落っことしたんだい」

リサイタルは本当に終わったのだった。人がほとんどいなくなったのを見て、二人はあわてて椅子を起った。

教会の出口にはコルトー氏が立ち、入場者と挨拶を交わしていた。左右に弟子らしい男女がならび、そこへ身をちぢめるように、丸岡は歩を運んだ。直前まで寝ていたとはつゆ知らぬコルトー氏はしごく愛想がよかった。

「ピエール君の演奏、素晴らしかったろう」

「はい、とっても」ミレーヌが威勢よく応えた。その声量はゆうに二人分あったが、丸岡も「はい、とても」と声を絞り出した。

「ところで君たち、時間はあるかい」

「ごめんなさい、わたし、そうゆっくりはしていられないのです」と正直にミレーヌが述べた。

「そんなに時間はとらせない。十五分ぐらいだ」

「何ですの、コルトーさん」

「お父さんにいわれていたんだ。ドビュッシーを弾いてみろよ、君の音で聞きたいと」

「父がそんなことを」

「ところが自分のものにするのに時間がかかり、お父さんに聞いてもらえなかった。で、愛娘のあなたにぜひ聞かせたいんだ」

「そんな、もったいないです」

「それに、こないだお友達にヴァイオリンを聞かせてもらった、そのお礼もしたい」

コルトー氏はぽんと手を叩き、左右にも聞こえる、断乎とした声でこういった。

「ちょいと十五分ばかり、クロード・ドビュッシーを弾く。聞きたい人は席に戻りなさい」

丸岡は急いで洗面所へ行った。用便のためではなく、顔を洗って目を覚ますのが目的であった。礼拝堂に戻り、ミレーヌの横に座ると、そこが何か特別の席のように思われた。仮にピアニストが演奏中客席を見ることがあるとすると、ここが一番に目に入るのではないか。

コルトー氏が、子供が行進するように両手を振って壇上に現れた。そしてくるりと客席に向かい、曲目らしきものを告げた。

「何だって？」

「子供の領分」

すぐに演奏が始まった。目まぐるしいほど迅速な指の運び。出だしから、これはプレストなのか？　だがそれでいて、耳にひびく音は不思議と人の指を感じさせない。鍵盤が、それ自身が感じたままを奏でているような、あるいは風や水の音や鳥のさえずりの類とも思われる。

何だろうこれは？　ちょくちょく不協和音が顔を出し、耳慣れない灰色の色調を持つ旋律も挟まれ、だのに耳奥に心地よくひびいてくる。これはコルトー氏が栗の木の下で口ずさんだ詩句と同じ仲間なのか。

わずか十五分の間であったが、丸岡の脳裡に色んな情景がつぎつぎと浮かんだ。手水鉢に跳ねる水音、上野の森にかかる虹、江ノ島の先の入道雲、くねくね躍る支那人形、祖父の墓に咲く鶏頭の花……。

コルトー氏が壇を降り、こちらへ歩いてきた。二人は熱い拍手で氏を迎え、氏は手をひろげこの日二度目のさあお出でをした。ミレーヌが氏に肩を抱かれている間、丸岡は拍手を続けた。

「コルトーさん、近いうちにお礼にうかがいたいのですが」ミレーヌが申し出ると、「ありがとう。でも明後日アメリカへ発つんでね。また、いつでも会えるじゃないか」氏はそう返事し、さっそうとした足取りで歩み去った。

「ちょっと、顔をなおしてくる」

ミレーヌにいわれ顔を見ると、頬の色がまだらになり、睫毛がしっとりしている。

「どうしたの」

「わたし、少し泣いたの」

「めったに泣かない人がドビュッシーを聞いて？」

「いいえ、ドビュッシー、聞いていませんでした」

ミレーヌは小声でそういい、ピアノに向かって「ごめんなさい」と手を合わせた。

「ひやー、ひやー」

「説明しなくっちゃね。どこか近くでお茶飲みましょ」

二人は外へ出ると五分ほど歩き、灰褐色の壁に蔦のからんだ古風なカフェに入った。二人とも紅茶を頼み、それが来るまでにミレーヌが話しだした。

「父のソロ・リサイタル、あの教会でやったのが最後だった。コルトーさん、音楽院の設立に忙しいのに来てくれ、とても褒めてくれたそうよ。さっき、『子供の領分』を聞いていなかったのは、あのときの父を思い出し、そのときの演奏が耳によみがえったの」

いいながらミレーヌ、深い息をし、遠くを見るように少し瞼をすぼめた。いつもは深い青の瞳が微光をおびてぼやけている。

「わたしね、精神反応というのか、父と霊的につながっているみたいだった」

ミレーヌは紅茶を一口飲むと、そんな前置きをして話しだした——小学校に入って間もない頃、下校途中敷石につまずきそうになった。ふと石の隙間に何か落ちてるのに気づき拾ってみると、金色のボタンだった。あっ、これは何かいいことがある、そうだ、きっと父さんあの本を買ってくれたにちがいない。そう思ってボタンを元にもどし、家へ帰ったらやっぱり当たっていた。自分がほしがっていた『河馬の耳に乗った紋白蝶』という童話がちゃんと買ってあった。

それから三年ほどたった、これも下校時、乗合馬車の馬が四つ辻でウンチをし、御者のおじさんにぶたれているのを見て、いやな気がした。今頃父さんと母さん喧嘩してるんじゃないだろうか。やっぱりそのとおりで、母は父を追及し、父は必死に弁解していた。「どうして自分の弟子と付き合ったりするの」「付き合ったんじゃない。ピッチカートでもないのにあの子の絃が切れたんだ。楽器屋へ文句をいうためついていっただけさ」「ご親切ね。シャンゼリゼ大通りでわたしの靴紐が切れたとき、あなた知らん顔してたじゃないの」母はぷんぷん怒って出てゆき、わたしを絶望に陥れた。二時間後母は大きな荷物を抱えて帰って来、わたしと弟に「ごめんね、あなた方には今度買ってくるから」と言い訳をいった。自分の冬のコートや靴やなんかで手いっぱいになったみたい——。

「ここまでは笑い話」ミレーヌは紅茶を二口で空にし、さらに続けた——さて、あの教会での父のリサイタル、曲目はバッハの無伴奏ヴァイオリンパルティータ。十五歳のわたしは、バッハといえばカンタータ「主よ、人の望みの喜びよ」しか知らなかった。これを聞くと、天国の聖らかな光が全身に注がれる感じがしてとても好きだった。ところがこの日の曲は出だしからちがっていた。父の想いが特別なのか、一音一音、絃が悲鳴を上げそうなほどの必死さがこめられ、わたしは頭から爪先まで緊張するのを覚えた。もしかして父は今日の演奏を人生の一大事と考え、全力を振り絞っているのではないだろうか。演奏の巧拙などわからないわたしは父の顔貌、手の動作を見て、必死さの理由を知ろうとした。そうして、まばたきもせずステージの父を見ていると、ひどく息苦しくなった。その顔は苦悩に歪んでいるように見え、手指の速さはくるった機械のようだった。

たしかに絃の音は強かった。意思的であると思われた。ただ高音のところどころ、自分には軋みとしか聞こえない瞬間があった。あれは、バッハの楽譜にはない、父の叫びなのではないか。何かとてつもないものに対する怖れ、死に対する恐怖のようなものでは。

終楽章は「シャコンヌ」と呼ばれ、エベレストにたとえる人がいるほどの名曲。そんなことを知らないわたしは、いきなりの大波に宙空へ逆さに投げ出されたような衝撃を受けた。

何という出だしなのか。これまでこんな音楽を聞いたことがなかった。耳を快く過ぎてゆくもの、それを音楽だと思っていた。それが出し抜けに覆された。力強いバスの低音。また低音。巨大な鳥が何度も羽をふるうような、そんな情景が目に浮かび、わたしは圧倒された。父の死をふと感じたわたしであったが、さらに奥へと引き込まれるようであった。

音がしだいにおさえられ、主題が転調しながらくりかえされた。わたしはそこでやっとこの楽章の旋律に耳を傾けた。それは耳を通してというより、じかに胸の真ん中にうったえ、鮮明にひびいた。美しいとか、荘厳であるとか、考え深いとか、そんな一語で形容できない、それらすべてを含んだ旋律。父の眼は、どこか未知な広い世界を見ているのではないか。

おしまいに、初めの主題がそのまま奏でられた。もう、あの強烈さはなく、ピアニッシモほどの音がゆるやかな波を立て、たゆたいながら静かに消えた。わたしは青い青い海の底にいる自分を感じ、ああ父は死を受け入れているのだと感じた――。

ミレーヌはしばらく口をつぐみ、彼女にしてはめずらしい半端な笑みを浮かべながら、ぼそぼそといった。

「今の話、わたしの願望が入っているかもしれない。父が死を受容していると思ったのは、後になって、そう考えたくなっただけではないかしら。ともかく死を予感してからの半年はなかなか大変だった。そのときのこと、あなたに話したい気持もあるけど、やっぱりやめておく」

丸岡は思った。こんなときお座なりな慰めをいったって何にもならない。ここは一発、この場を転回するような鮮烈な話をせねばならぬ。そうだ、あれがあった。いつかはミレーヌに話さねばならぬと思っていたあれが。

丸岡は胸の中で一度リハーサルをした。（ミス・ミレーヌ、自分の母親は幼子を捨てて出奔した女なんだ、父親はどこの馬の骨だかもわからない）

だが待てよ、この告白、自分は君より不幸だぜといってるようで、卑しいな。ともかく何か明るい話題を持ち出すとして、そうそう，さっきドビュッシーを聞いて頭に浮かんだ情景でも話そうか。するとそこへ、ミレーヌの決定的な一言。

「わたし、帰らなくっちゃ」

「ええっ」

「ごめんなさい」

丸岡が呆気にとられているうちに、ミレーヌが行動した。椅子を起ち、勘定書を手にし、支払いをする。そして表に出ると、今日はここでを示す丁寧なお辞儀。

何か大事な用事があるのだろう。しかし丸岡は、突然ぴしゃっと扉を閉められたようで、茫然とした。胸のうちがぽっかり空虚になった。

一人、下宿へと左岸を歩くうち、「客死」の二文字が瞼に浮かび上がった。パリに在留し、行方定めぬ暮らしをし、そして野垂れ死にした者どもは一人や二人ではない。根無し草であることの不安がときに極まると、必ず客死の文字が眼に大写しになる。いったい死とは何だろうか。

身近な人の死を例にとれば、祖父はこんなであった。それは大震災の翌年のこと、三月ごろにはまだ元気で、震災で倒壊した作業場を立て直したほどであった。それが二か月後激しい腹痛に襲われ診断を受けたところ、胆のう癌といわれ手術をすすめられた。祖父は術後二年間無事に過ごせるかと、大学教授でもある医師に聞き、生返事をされたため、あっさり悟りを開いたようだ。幼友達の紹介で古くて小さい病院に入院し、院長にしかるべき金を渡し、治療は痛み止めだけ、体力維持や栄養補給は一切せず、を約束させた。望みどおり、祖父は日に日に痩せてゆき、二日に一度は病床に来る孫に「俺、弘法大師に似てきたか」とたずね、「うん、そうみたいだよ」といい加減に答えていたら、或る日「即身成仏できたらなあ」と嘆くようにいった。このときも孫は「うん、そうだね」といい加減な返事をし、帰ってから祖父の蔵書何冊かに目を通した。

即身成仏ということ、それは弘法大師が体現した宇宙の原理であるらしいが、難しくて、さっぱり理解できなかった。はたして祖父はこの原理に到達していたかどうか。ただ、生身のまま仏になること、と単純に考えていたのなら、祖父も死ぬのが怖かったのだろう。

祖母は丸岡が小学校四年のとき、朝顔に水をやりながら倒れ、その日に死んだ。かねて心臓を患っていたので、祖父はあわてふためくこともなく、こうつぶやいた。

「あの人はいつも死を覚悟して、きりっと生きたな」

もう一つの死、速水銀子の死はあまりにも理不尽で、思考の対象にならない。

いったい死とは何だろう。人は死んだらどこへ行くのか。どこへも行かず、ただのゼロになるのか。そうだとすると、自分がゼロになったという意識もゼロになるのだから、やっぱり怖い。

いやゼロではない、来世という別の世界に行くのだと説く人がいる。もしそうなら、来世と現世の間に何かつながりがないと困る。例えば霊魂なる不滅なものがあり、現世のことがそこに記憶されている、とかでないと。

しかし、わからない。本当にわからないが、死をイメージすると、いつもこの耳にバッハが聞こえてくる。ヴァイオリンパルティータではなく、無伴奏チェロ組曲の荘重なひびきである……名も知らぬ小鳥の羽音、小石を洗う湖水のさざめき、紘はゆったりと、あるいはモノログをつぶやくように主題を提示し、エレジーはひくく澄み、北の森のくらい夜明けを暗示する。自分は一人だ、しーんとした冬の湖岸に彫像のように立ち、たった一人、全き空白へとひたされてゆく……。

6章

一九二＊年一一月

ヘミングウェイがノートブックを膝に置き、ぼんやりベンチに座っていた。

ここ、リュクサンブール公園は濃い緑から、レモンイエロー7緑3ぐらいの綾模様となり、芝生の草色も茶色と混ざり合い、その色調が祖母の和服を思い出させた。

快く吹き抜ける風に、彼は眠気をもよおしていたらしい。今日は周りにハトはおらず、ムクドリらしい鼠色の鳥が芝生に群れている。

「やあ、元気だった」声をかけると、ここに座れと手ぶりで示した。

「マルオカ、パリに居たのか。こないだシェイクスピア書店でミレーヌ・オークレールに君のことをたずねたんだ」

「ほんとかな」

「そしたら、日本へ帰ったのかしら、ヘミングウェイさんご存じありません、と聞き返したから、顔をぐっと近づけ、いっしょに行かなかったのといったら、少女のように顔を赤くしたよ」

「話を作るのがうまいな。君は物書きだからね」

「それが、なかなか筆が進まなくてね。ほら、これ」コール天の上着のポケットから何やら取り出した。

「マロニエの実と兎の足だよ。この二つを右のポケットに入れてると運がつくというんだけど、さっぱりさ」

「どんな小説を書いてるの」

「プロローグは決めてるんだが」

「どんな？」

彼は一度深呼吸をしてから、一篇の詩であろうか、文語調の章句をチェロのように渋い声で朗読した。

「それ、何か出典があるの」

「旧約聖書、伝道之書だよ」

丸岡は後に翻訳でその内容を知ることになる。その一部を引用すると、「世は去り世は来る地は永久《とこしなえ》に長存《たもつ》なり　日は出で日は入り　またその出し所に喘ぎゆくなり」。

「書いてるのは歴史小説？」

「いや、今のパリ。大戦後の混沌の中の若者を描きたいんだ」

「主人公はアメリカ人？」

「まあ、そのほうが書きやすいからね」

「失われた世代、とかいわれているあれ？」

「戦争がもたらしたものは絶望、虚無感もあれば解放感もある。いずれにしても若者は刹那的な享楽へ走ることになる」

「虚無感と解放感の、どちらも書くのかい」

「伝道之書は、宇宙は無限の輪廻をつづけ、人間は愚行をくりかえすと読めるが、パリを舞台にすると、虚無の暗さより、酒、音楽、機知の或る会話など、愉楽の描写へとつい傾いてしまう」

「さもありなん」

「君、失われた世代といったけど、これの由来知ってるかい」

「いや、知らない」

「ガートルード・スタインというおばさんがいてね、パリに芸術サロンみたいなものを開いてるんだ。彼女に俺の短編をいくつか見せたら、良い作品だけど、展覧会にかけられない絵だわねときつい批評をしたよ。その彼女があるとき車を修理に出したところ、従業員の青年に後回しにされ店主に抗議した。すると店主は青年に向かって『お前たちはみんな失われた世代だな』と叱りつけた。つまり、戦争から還ったお前たちはみんな飲んだくれの役立たずだ、という意味でいったらしい。その後ミス・スタインはこの『失われた世代』を借用して意味ありげに語ったりしたので、いつか時代思潮のように受け取られるようになった、ということさ」

「そうか、帰還兵の飲んだくれ、という意味なんだ」

「ま、最初に口にされたのはそんなことに過ぎない。いずれにしても自分は、戦争で傷ついた青年を、虚無のトンネルの中にさまよわせたりするのは性に合わない。その前に行動に対する本能がむくむく頭をもたげてくるからね」

「パリの快楽を描くとして、ムーラン・ルージュやシャンゼリゼ劇場は登場させるの」

「たぶん、それはないと思う。君、シャンゼリゼ劇場へ行ったの」

「ああ、ジョセフィン・ベーカーの琥珀の肌、見たよ」

「そうか、ジョセフィンといえばね」ヘミングウェイは、わざとであろう、左右をうかがい、声をひそめた。「あれは暑い夏の夜だったが友人とナイトクラブに出かけたんだ。一人、際立って目立つ女がいて、ひどい暑さなのに黒い毛皮のコートを着ていた。背は高く、肌はコーヒー色、目は象牙色に輝き、その微笑は一目で人を惹き込む魅力をたたえていた。彼女はイギリスの海軍士官と踊っていたが、俺はその中に割り込んだ。その士官、俺を押しやろうとしたが、彼女が天性の身のこなしで俺に寄り添った。俺は自己紹介し、相手の名を聞いた。ジョセフィン・ベーカーよ、と彼女はいった。それから俺たちはずっと踊りずめで、楽団が音をとめるまでつづけ、おしまいに彼女、こう囁いた。わたし、コートの下、何もつけていないの」

ヘミングウェイはそこで口を閉じ、丸岡は何か淫靡な匂いをかがされた気分になった。「それからどうしたんだ」聞こうかどうか迷っていると、ヘミングウェイ、ぱっと軍隊式に起立し「またな」と一言、大股に南の方へ消えて行った。

秋もたけた或る日、丸岡は、弟のモデルになってと頼まれミレーヌの家へ出かけた。服装については特に指定されていない。こないだの作務衣を着ようとしたが、これとヴァイオリンは、いくらなんでも奇をてらい過ぎだと思われた。

ヴァイオリンは必須の携帯品である。万一アルベールが描く気にならなかった場合、一曲弾くことでミレーヌの家へ来た名分にしようというわけだ。

結局丸岡はツィードのジャケットに臙脂の蝶ネクタイ、そしてこの日の寒さを考えてレインコートも用意した。

ミレーヌの家へは歩いて行った。セーヌ右岸からパリ市庁舎の前に出、リヴォリ通りを少し東へ行って左に折れ、五分ほど行くと彼女の住むマレ地区。そこは石畳の路地をはさんで石造りの四階建てがならび、空気が冷たく静かなこと、北国の林を行くようであった。

通された部屋は十二畳ほど、居間と客間とアトリエを兼ねているのか、頑丈そうな食卓、上部に彫刻をほどこした椅子、イーゼルと壁に立てかけたキャンバスが目に入った。南の窓はカーテンが開けられ、たっぷり陽が差し込んでいる。

「ニャオ」

鳴声の方向に薪ストーブがあり、まだ薪は焚かれていないのに。猫は焚口の前に居た。きちんと前肢を折り尻尾を巻いて箱の形を作っている。アルベールの絵では純白の猫であったが、尻尾の付け根に、筆に墨をつけてちょんちょんといたずらしたぐらいの黒毛が生えている。

主役のアルベールが入ってきた。白いとっくりのセーター、そのうえに白衣をまとい、これが足首まであって、化学の先生のようだ。「やあ」丸岡が軽く手を上げると、「ボンジュール」といって頭を下げた。

続いて入ってきたのは、顔も体つきもふっくらした、童話に出てくる気のいいおばさん風の人。紅茶の盆を手にしている。「母の妹です」ミレーヌが紹介し、「母、ちょっと体の具合悪いの」とここへ顔を出せない理由も付け加えた。紅茶を卓に置き「どうぞごゆっくり」と叔母さんがいうと、「ねぇ、シモーヌおばさん」とミレーヌが甘い声で呼びかけた。

「何なの？」

「アルベールの写生が早く終わったら、マルオカさんと散歩に出かけていい？」

「いいわよ」

「これも、どうぞごゆっくり、でいい？」

「ええ、ええ、日本でもどこへでも」

おばさんが退室すると、ミレーヌが弟にたずねた。

「わたし、ここに居ましようか」

「好きにしたら。僕、簡単な英語なら話せるから」

つまり、これは居ないほうがいいということだろう。姉は「ふん、そうかいそうかい」といいながら出ていった。

「一曲、ヴァイオリン弾こうか」丸岡はこの先の会話も考えて、英語を使った。

「今日はいいです。こないだ聞かせてもらったから」

早速彼は食卓の反対側にイーゼルを移し、鉛筆を手にした。「そのまま座っててください」そういって鉛筆で距離を測るような仕草をしつつ丸岡へと視線を向けた。そしておよそ一分足らずまばたきもせずモデルを観察し続け、ふと思いついたように窓の方へ歩き、そこに佇んだ。その時間は観察の時間よりうんと長く、そのうえ彼は人の観察と窓での佇立を何度もくりかえした。どうやら彼は自分の目が見たものを、窓際にある囲いの無い工房で造形化しているらしい。

それればかりか、彼が実際にイーゼルに向かい手を動かした時間はごく短かった。わが肖像の、髪の毛を十本ほどにしておいたり、鼻は省いてしまったのかと思えるほどで、その鉛筆さばきは、前衛詩人が思い浮かぶ言葉の断片をアトランダムにメモしてゆく、といった手法を連想させた。

写生は一時間ほどで終わった。アルベールはその間、間歇的にいくつか質問を発した。

「シューベルトはなぜあんな若くに死んだのですか」

この作曲家は梅毒によって、あるいはその治療に用いた水銀によって死んだという説がある。丸岡はしかし、とぼけた返事をした。

「なぜだろう。自分もときどきそう思うことがある」

話題が音楽から食べ物に飛んだ。

「日本人はタコを食べるのですか」

「うん、食べるよ」

「コメも食べるからイタリアに似てますね。恋愛もイタリアのように激しいのですか」

「どうだかなあ、イタリアって、そんなに激しいの。一度行ってみたいな」

「僕はアルルに行きたいです」

「ほうー」

アルルといえば、ゴッホである。アルベールがかの地でゴッホみたいになったら、とふと考え、「どんな所なんだろう」とごまかした。このあと、武士道と騎士道のちがいについて聞かれたが、正確に答えられず、おしまいに非常に答えにくい質問を投げられた。

「うちの姉さん、好きですか」

これまでのらりくらり逃げていたから、ここはきちん答えねばなるまい。

「うん、好きだよ」

潔く答えたまではよかったが、つい留保をつけてしまった。

「でもイタリアのようにはいかないな。君の姉さん、ウイットでけむにまくからね」

アルベールはアハハと笑い、「今日はありがとう」と礼をいった。

彼が部屋を出て行くのと入れ替わりにミレーヌが入ってきた。

「モンマルトルへは行った？」

「夜、ちょこっとね」

「行きましょうよ。まだ二時だから丘を登る時間あるわ」

「お母さん、だいじょうぶ」

「うん、シモーヌ叔母がいるから」

二人はすぐに出かけることにした。送りに出てきた叔母さんがミレーヌを見て「あなた、オートトイユへ行くみたいね」といった。とっくりのセーターの上に格子縞のジャケット、下はもんぺみたいなズボンに半長靴、頭にひさしの短いハンティング。なるほど競馬行スタイルである。

二人は市庁舎前まで歩き、「ピガール広場」行の乗合自動車に乗った。この乗物は天井のほかは総硝子張りといってよいほど開口部が広く、かなり速く走る。せわしなく、火急の用事があるようなエンジンと排気音。窓の外、ふっ飛んでゆく景色が、音の無い、人の住まぬ世界のように見える。白の石膏が変色してしまった建物群、葉の落ちたプラタナスの並木、人は歩道に固まったままである。ミレーヌが即興の詩をつぶやいた。

「街路樹の老婆たち、オートイユの馬より速く駆けて行く」

ピガール広場に着き、丸岡はしばし足をとめ四方に目をやった。ここはたしかクリシー通りで、西へ三百メートル行くと「ムーラン・ルージュ」があるはずだ。わが国でパリの歓楽といえばまずここだから、丸岡はこちらに着いて早速モンマルトルへ出かけた。ああ、あれがそうだな、それらしきものがすぐに目にとまった。キノコのお化けのような円筒の上に風車が乗っている。朱に近い赤色。けばけばしい色彩が夜空に突き出て、ここに入ってみな、めちゃくちゃ興奮するぜと客引きをしている。丸岡は火の粉を吹っかけられたような気分になり、この日は退散した。

丸岡の視線の方向を察知したのか、ミレーヌがたずねた。

「ムーランのカンカン、見ました?」

「いや、一度も」

「わたし、カンカンにすごく憧れてたの」

「そう。自分でやってみた?」

「オッフェンバックのレコード買ってもらって、練習したわ」

「脚を真上に上げ、脚を開いたまま着地すること出来た?」

「聞かないで。もう、口惜しい！」

ミレーヌは靴の踵で地面をつつき、罪のない歩道に八つ当たりした。

「マルオカさん、まいりましょうか」

声色をいやに優しくし、そのくせ人の手もとらず、ミレーヌは歩きだした。ゆるい上りの石畳を七、八分行くと、アベスという名の広場に出た。ここはかつてモンマルトル村の中心だったそうで、サン・ジャン・ド・モンマルトルという教会が建っている。外見は茶色のレンガ造りだが、「世界で初めての鉄筋コンクリート建築よ」とミレーヌが説明した。

「中へ入る？」

「鉄筋を見てみたいけどね」

「無理いわないで。教会はおしまいにサクレ・クールが控えてるからやめときましょう。そうそう、あそこの石段の途中にモジリアニが住み、その下の建物にアントワーヌのテアトル・リーブルがあったの」

「そうお。そのテアトル何とかって、やっぱりカンカン踊りをやったの」

「マルオカ！」

「ごめん。これも省いてもらって次へ行こう」

教会の横の道を北に折れ、なだらかな坂道と突き当りの階段を上がると、テニスコートほどの空地に出た。ミレーヌが「ここ、ラヴィニャン通りというの。ほらあそこを見て」と斜面の一角を指さした。そこには窓だけで出来たような小部屋がぎっしりならび、中学生の寄宿舎か何かのようだ。

「ピカソはあそこに住み、『アヴィニョンの娘たち』を描いたそうよ」

「ほうー、ほうー」

丸岡は半ば驚き、半ば呆れた。あんな小部屋で、どうしてあんなスケールの絵が描けたのだろう。

この建物の入口は、ラヴィニョン通りより一階低く、別の通りに面している。二人は暗くて、手すりの不安定な螺旋階段を下り、入口から建物を眺めた。やはりアトリエらしきものは見当たらず、窓は小さく硝子は煤け、柱や梁は朽ちかけて、物置小屋同然の見すぼらしさだった。

「ここでは水も外へ汲みにいかなきゃならないな」

「トイレも部屋に無いでしょうね」

二人は元の通りに戻り、これも古びて危なっかしいベンチに腰を下ろした。

「ピカソは今でもモンマルトルにいるの？」

「モンパルナスに移ったそうよ。お金が出来たんでしょ」

「彼は怒れる内面を、バルセロナの戦闘的な娼婦によって生命力に変えたのかな」

「明るく、居心地のよいアトリエじゃ、あれは描けないでしょうね」

このとき、いかなるはずみか、祖父の描いた絵が丸岡の瞼に現れた。なんでこんなときに現れるのか？　それはともかく、あの絵は画家を志し、看板屋に終わった祖父の唯一の作品であり、それも祖父の死後押し入れの奥から自分が発掘したものだ。いったい祖父はどんな気持であれを残しておいたのか。生前は見せられずにいたが、孫にだけは見てもらいたかったのだろうか。そんな思いが脳裡を過《よ》ぎり、胸がきゅっと熱くなった。

「僕はね、祖父に育てられたんだ」

あまりに唐突だったのかミレーヌから応答がなく、少しして「そう……そうだったの」小さく、ぽつりといった。

「二年前、死んでしまった」

「そう……そうなの」

ミレーヌがいくらか身を寄せたように感じ、胸がさらに熱くなった。丸岡は口が止まらなくなった。

「祖父は画家を志望していたらしく、唯一の絵が死後に見つかったんだ。油彩であるが水墨画にところどころ色付けしたような絵で、一つの主題は月に向かって歩く男の後姿、男はソフトをかぶりステッキをついている。ところが首から下は服もつけず、肉も付いていない、つまりミイラなんだ。第二の主題は、斜めからさす月光が路上に作る男の影。ところがこれ、首から下は服を着た男の影が描かれているのに。顔は影なんかでなく真正面から描いている。切れ長な、いくらか悲しげな眼、鼻筋はすっと直線的に伸び、唇は固く閉じられ、額に深い三本のしわ。頬骨の下あたりに何かはかない、微笑ともとれる淡い翳。僕はこの絵を見て、ただの祖父の自画像、不本意な人生を歩んだ人の、自嘲を含んだ自画像としか見ていなかったが、こないだ『アヴィニョンの娘たち』を見て、おやっと思った。祖父は絵画技法に関し、革新的な試みをしたのではないかと」

「描く視点を多角的にして。物の本質を見ようとすること?」

「キュービズムの先駆者であったかもしれない」

「その絵、今でも持ってるんでしょ」

「廃棄してしまった。値打ちのある物だと思わなかったし、祖父の人生を考えて悲しくなるのはいやだからね。ああ、早まったなあ。あれが高く売れたら、マドモアゼル・ミレーヌに黒い毛皮のコート買って上げたのに」

「それって、何のこと?」

「いつか、お酒が入ったときに話すよ」

「おじいさま、どんな仕事をされていたの」

「看板描きだよ。晩年は映画の看板も描いていた」

「日本の映画?」

「こんなのもあったよ」

丸岡はベンチを起ち、靴の爪先を九十度外へ回転し水平に開き、アヒルを真似て歩きだした。

「チャーリー・チャップリン」

「ご名答」

数歩あゆんで振返ったら、ミレーヌのよろめく姿が見えた。足が広角に開かないらしい。

「わたし、やーめた」

この早速の決断は彼女にとって賢明であったと丸岡は同感し、自分もアヒル歩きをやめにした。

二人はラヴィニャン通りから北東方向へ、細い石段を上り、ゆるく円を描くように坂道をたどり、かつては村役場があったというテルトル広場に出た。今はパラソルを立てた露店の土産物屋と似顔絵描きの誘い声で大賑わいだ。ここからサクレ・クールは、境内の柵らしいのが見えている。「あれか」とミレーヌに聞くと「たぶん」と返事がこころもとない。大聖堂は一九一九年に完成したばかりで、来たことがないのだそうだ。つまり、モンマルトルでは田舎者なのだ。

ここからの道はなかなか険しい。ふーふーいいながら鉤の手に曲がったり、石段を上ったり、丸岡がつい前に出たら、コートの裾を引っ張られた。

この辺は丘といっても、四、五階建てのアパルトマンがならび、薄茶や灰色にくすんだ外壁が、住人は何代目かなと考えさせられる。アトリエらしい広やかな窓にまじって鎧戸を閉ざした部屋もあり、ところどころ、クスやカシの大木が石畳の上に小暗い影を落としている。

やっと境内に入った。まず目についたのは、カトリック寺院には勇まし過ぎる二体の騎馬像である。下へ行って確かめたら、その一つがジャンヌ・ダルクであった。丸岡は彼女のことを、勇猛果敢な軍人としか知らず、「どうしてここに」とミレーヌにたずねた。

「彼女は、卑劣な異端審判にかけられた殉教者でもあって、守護聖人にも列せられているの」

入口でミレーヌがたずねた。

「ドームへ登る？　三百段あるようよ」

「君、どうするの」

「わたし、高所はどうもね」

「僕もだよ。エッフェル塔もまだ行っていない」

中に入り、丸岡は聖堂の広さに驚かされた。観光客が大勢いるのに、深い森の静けさに満たされている。自然と胸がしーんとしてくるのを感じた。ミレーヌは無言で天井を見つめている。そこにはイエス・キリストが天に上げられる姿のモザイク画。その頬はこけ、ひげは伸び、辛苦の刻まれた顔は磔刑のイエスとかわりないけれど、白い衣をゆったりまとい、左右の手をおどかにひろげ、背後の日輪と蒼穹がこの人をまもっている。

ミレーヌは手を祈りの形に組み、じっと天井を見つめている。彼女、敬虔なキリスト者であったのか、横顔があどけないほど清楚に見えた。こうして五分以上、神の僕《しもべ》ならではの恭順の姿勢を見せ、ようやく顔を天井からもどした。そしてその第一声ときたら……。

「喉が渇いた、ビールが飲みたい」

丸岡は仰天し、言葉を失った。ただ、たしかに自分も喉は渇いていた。

聖堂を出ると、日が暮れかかっていた。真珠母を溶かしたような空の下、市街はそれより暗くて、セーヌ河の帯をやっとたどれるぐらい。その向こうのブローニュはもう眠りについていた。

二人はとりあえずピガール広場に出ることにし、道を下りだした。今日はドームに上がらなかったが、パリのどこからも見えるから、まあいいや、であった。そういえば、パリに来て間もない頃、あの聖なる球形を慄然とするほどの気持で眺めたことがある。眠れぬ夜を過ごし、しらじら明けに散歩に出たときだった。丸岡が眠れなかったのは、前日サン・ルイ島の屋敷街を散歩していて、白亜の館の前に鎮座している猫を見たからだ。白黒ぶちの肥ったやつで、家に飼っていたチョウジローにそっくりだった。

ともかく気分転換しなくてはと、サン・ルイ島はやめて、シテ島の先端、栗の木の根元まで歩き、それからポン・ヌフ橋の中程で足を止めた。水は鼠色に濁り、小さな渦を巻きながらせわしなく流れゆく。上流の方からボーッとひと声、眠気覚ましの汽笛をひびかせ、貨物船が通り過ぎる。

やがて日が明けきり、振向くとノートルダム聖堂が浅黄の空にくっきり浮かび、カジモドの何代目かがつく鐘の音が聞こえた。丸岡は橋を渡り右岸に出て、チュイルリー公園に沿って青葉の道を下流へと歩いた。そしてちょうど対岸にエッフェル塔のある河の曲がり角で、引き返そうと遠くを見やった、そのときだった。ガツンと脳天を一撃してそれが目に飛び込んできた。あっ、あれはサクレ・クールではないか。広く、雲海みたいな霞の上に、ひとり悠然と立つ大聖堂。円屋根の半分が朝日を受け金色の光輝を放っている。燦然と、誇りかに、それ自体が発するような純な光。

丸岡は中学四年のとき、富士山に登り、ご来光を目にしたあの瞬間を思い出した。

存在の不安、といえば誇張であろうか。幼少年時代の自分はそのような覚束なさを、胸の深くに内包していた。祖父母に大事に育てられたとはいえ、母親の顔も知らない、父親はどこの誰ともわからない、そんな自分はほかの友達とはちがうという引け目、ある種の欠落感を負っていた。

十六歳になっても、依然、そんな風であり、胸の翳りを持って富士山の頂上に立っていた。何も期待せず、ぼんやり東の空を見ていると、ふいに雲海が明るくなり、そこからオレンジの炎が頭を出し、あっと固唾をのむうちにまん丸の日輪となった。たちまち天も地も金色に染まり、あまねく染まり、その無垢な光はどんな卑小なものにもひとしく注がれるように思われた。あれは恩寵であったのか、わずか数秒であったものの、丸岡の胸の翳りはよほど小さくなった。

「ねぇマルオカ、どこへ行く?」

いわれて丸岡ははっと我に返った。そこはもうピガール広場、クリシー通りの店々の燈が原色を際立たせ、どこへでも入りたくなったが、二人とも知った店がない。そこでタクシーを拾い、サン・ジェルマン・デ・プレまで行った。

二人は「ドゥ・マゴ」という店に入り、一番奥の、隠れ場みたいな席を見つけ、とりあえずビールとオードブルを頼んだ。店の名の「ドゥ・マゴ」とは二つの人形という意味で、店には絹服を着た支那人形が二つ飾ってある。ミレーヌはジョッキのビールを一気に半分飲み干し、それから初めて気づいたように、「あそこの人形、人間より長生きしてるんだわ」といった。

「へえー、あの人形、生きてるの」

「ずっと創業以来、人間の喜怒哀楽を見てきてるのね。まるでバルザック」

「解剖したら、色んなドロが出てくるんじゃないか」

「人形は黙して語らない。ねぇマルオカ、人間以外の何かになりたいと思ったことない？」

「そうだな、鎌倉の大仏かな。政府のあった景勝の地にでっかい仏があるんだ」

「知ってるわ。ハンサムで、日がな一日海を見てるでしょ」

「鳥も大仏の頭には糞をしない」

「ほんとうかしら。わたしね、その鳥に、ずっとなりたかったの」

「たまに大仏さまの手の平に糞をするやつもいる」

「マルオカ、まじめに聞きなさい。あっ、その前に、ビール頼まなくちゃ」

ミレーヌがギャルソンを呼ぶのを見て、丸岡はあわてて自分のジョッキを空にした。ビール二杯と馬鈴薯のサラダが注文された。

「あなた、鳥になりたいという気持、わかるでしょ」

「好きな人の私生活を覗きたい、というんじゃないよね」

「空から見ると、人間社会がちがうように見えるのではないか。たとえば、人間が宇宙とどうかかわりあっているか、考えるヒントを得られるんではないか。わたし、それで、エッフェル塔に上ったの」

「あれ、三百メートルぐらいあるんだろ。リュクサンブールのジュズカケバトより高く飛んだんだ」

「セーヌが優美にうねりながらパリを抱いているのがわかったわ。いくつもの運河をしたがえ、先はマルヌ河と合流している」

「エレベーター、恐くなかった？」

「往きは何ともなかったのに、還りは足が震えた」

「どうして」

「瞼が霧に閉ざされてしまったの」

「実際に霧が出たの」

「快晴だったわ。わたし、下界を観察し、思考しようと、哲学者になったつもりで上ったのだけど、カルチェ・ラタンとかモンパルナスに目をやっても、カフェにいて目に映るほども物が見えない。そのうち、街に連なる屋根が一つになって霧としか見えなくなった。お前、鳥になろうとするのは、とんだ思い上がりだよ、と叱責されたようだった」

「僕は、コメディ・フランセーズの研究生に誘われ、屋上からパリを見たことがある。見渡す限り屋根、屋根がつづいていて、静かな波の立つ海原のようだった。僕は感動したね、この屋根の下にささやかな人の営みがあるんだ、と」

「そうね、そういうことね」

「しかし、人間は飛行機を発明し、鳥以上の物になろうとしている」

「今世紀中に人類は月へ行くことが可能になると、イギリスの科学雑誌に書いてあったわ」

「そうなると、十五少年漂流記の宇宙版が書けるな」

「あなた、そんな暢気なことをいって。人が宇宙へ行くなんて、絶対にしてはいけないことよ、絶対に」

ミレーヌは、サクレ・クールでしたように手を祈りの形にし、宙を仰いだ。頰が赤く火照り、ヘミングウェイのいう、少女の頰になっていた。

「宇宙はさておき、僕はもっと近くに行ってくる」

トイレから戻ると、ミレーヌがまださめやらぬ熱っぽい顔でたずねた。

「マルオカ、ボードレールの『異邦人』という詩、知ってる？」

「知らないね」

「それでは」とミレーヌ、ビールを一口飲み、低音の、しなやかに伸びる声で朗読を始めた。

丸岡の拙い耳が聞き取ったものを記すと、

異邦人よ、おまえは誰を一番愛するか？　父、母、それともきょうだい？

私には父も母も、きょうだいもいない。

それでは祖国？

私は祖国がどの範囲をいうのか知らない。

では美女か？

不死の美女がいるのならば。

それではいったい何が好きなのか、風変わりな異邦人よ。

わたくしは雲が好きだ。遠くを流れゆく雲、すばらしいあの雲が。


この詩を、ミレーヌが何のために吟じたのか。宇宙への畏怖に近い気持を表すためなのか、かたわらの男を風変わりな異邦人といいたかったのか、ただ会話の接ぎ穂にしたかっただけなのか。それはともかく、ミレーヌがこんなことを言い出した。

「わたし、いずれは詩集を出したい」

「うん、そうなるといいね」

「でも、その前にやらなきゃならないことがある」

「どんなこと？」

「来春、ガリマール書店の入社試験を受けるの」

「ジードやなんかが作ったあの文芸出版社？」

「そう。あなた小説書きなさいよ。わたしが編集者になったら仏訳を出してあげる」

「ありがとう」

「でも、その前にやることがある」

「まだ何かあるの」

「ビールをもう一杯頼むこと」

「もう限界じゃないか」

「ノン、ノン」

「もう一杯飲むのに、特別の理由でもあったらね」

「それがあるの」

「何だい、それ」

「まだいえない。もう一杯飲んだら、ぱっといいます」

ミレーヌはどこでそんなことを覚えたのか、両手をパンと打ち合わせ、ギャルソンを呼んだ。

三杯目が来ると、ミレーヌは「カンパーイ」とジョッキを上げ、すぐにいった。

「まだやることとは、あなたから話を聞くこと。黒い毛皮のコートにまつわる話」

「ああ、酒が入ったら話すといったよね、たしかに。君、ジョセフィン・ベーカー知ってる?」

「もちろん知ってるわ。あなた、シャンゼリゼ劇場に行ったの」

「行ったよ。でも黒い毛皮はそのショウには関係なくて、さるナイスガイのアメリカ人に関連するんだ。その男、或る夏の夜、或るナイトクラブでジョセフィンと出会ったというわけ」

「彼女、黒い毛皮を着てたの? 夏だのに」

「ただし、コートの下には何もつけていなかった」

「まあ、そんな……わたし、その男が誰かは聞かないことにする」

「僕も名を明かす気はないさ。四角い顔に口ひげがよく似合うナイスガイ」

丸岡は、その男ヘミングウェイから聞いた話をそのまま、何の脚色もせずミレーヌに話した。

「おー、おー」

「どうしたの」

「なんだか目がまわりそう。だけど、ジョセフィン、どこで脱いだんだろう」

「知らないね、そんなこと」

あっ、あぶない。ミレーヌがジョッキを全部空にした。

「コートの下は、原初の世界か。わたしも真似したい」

「何を？」

「ヘミングウェイとジョセフィンごっこ」

「へぇー、その男、ヘミングウェイだったのか。だけどミレーヌ、真似したくっても、毛皮のコートがないよ」

「マルオカ、あなたのコートを貸しなさい。ヴァイオリンをせおったら、寒くないでしょ」

ミレーヌ、まさか本気じゃあるまいな。顔を見ると、いつものりりしさが消え、ほんのりピンクをおびた目が焦点を定めかね、たゆたっている。それでも、ろれつは確かだった。

「二人で行きましょう。わたし、レインコートを着て下は何もつけないの」

「ナイトクラブへ行くのか」

「ノン、ホテル・クリヨンへ」

「一つ聞くけど、どこで原初の姿になるの」

「それはわたしにまかせといて。問題はクリヨンのフロントよ。わたしが交渉するわ。あなたよりフランス語、堪能だからね。さー、予行演習よ」

ミレーヌは早速演習に入った。フロント係を兼ねた二役である。

「あのー、わたし、予約してないのですが」

「ご職業は」

「従軍看護婦でしたが、戦争が終わり、今は無職です」

「それでは前金で」

「お金、盗まれて持ち合わせがないのです」

「お連れ様がお払いくだされば」

「この人、乞食坊主のうえに、持っていた十サンチームもサクレ・クールに寄進しましたの」

「どうぞお引き取りください」

「明日、一番に銀行で引き出してきますわ」

「駄目です。その足で逃げられてはかないません」

「この恰好で、長くは逃げられませんわ」

「どうしてです」

「衣服ごと盗まれ、下は何もつけていないのです」

「ご冗談を」

「本当は自分の意思でつけていないのです。ココ・シャネルの主張に共鳴して、肉体をしめつけるコルセットをはずしました。するとほかの下着も右にならえしたのです」

「警察に連絡いたします」

「ちょっとお待ちを。本当は高価な衣装を身につけています。香水を全身にね。シャネルの五番ですわ。それではご静聴くださったお礼に、この連れがヴァイオリンを弾きます」

丸岡は、この寸劇に調子を合わせた。

「フロント係に何を弾いて差し上げようか」

「ムーランでやっているオッフェンバックを」

「ミレーヌ、カンカンを踊るのか」

「チャールストンよ。シャンゼリゼのジョセフィンよりセクシーよ」

いいながらミレーヌは右手で口を押さえた。あくびが突発したのであるが、右手では足らず左手もそこへ重ねた。それでもあくびは「ああー」の声とともに指の間から洩れ溢れた。

「ごめんなさい」

「帰るとしよう」

タクシーを拾いミレーヌの住所を告げると、また「ごめんなさい」といった。

7章

一九二＊年一二月

コメディ・フランセーズのジュリアン研究生、日曜の朝遅く、がらんとしたシャルルの店によく現れる。丸岡もこの刻限、たいていここでぼんやり過ごしており、ジュリアンは断りもせず同じ卓に尻をつける。向かい合った二人、丸岡は依然ぼんやりして口が重く、ジュリアンは色んな話柄を舌に乗せ、くるくる回転させる。これ、セリフの稽古を兼ねているようだ。

或る日曜日、ジュリアンが真面目くさった顔でたずねた。「マルオカさん、ひまわりを知ってます？」「ゴッホの？」「うん、関係あります。僕の実家、アルルでひまわり畑やってるんです」「油をとるの？」「そうです。でも豊かじゃないんで、僕、アルバイトを色々やっててね」。

彼はこの店でもたまに皿洗いや配膳を手伝っている。これはこの研究生の窮状を見てシャルルが手を差し伸べているらしい。

彼の語るアルバイト遍歴、短時日にやめるかクビになったのが多い中で、極め付きに短いのを二件紹介しておこう。

一つは、楽な子守りがあるといわれ、はい、やりますと飛びついた。面倒みるのは四歳の男の子で、積木に夢中だからぜんぜん手がかからないと説明された。それはそのとおりだった。これはいい、この仕事、天からの賜物だなとソファで昼寝していると、ふいに足の裏をくすぐられた。このガキ、と叱ったら、知らん顔して積木に戻った。二日目は鼻をつままれ、三日目は安楽椅子のクッションを顔にかぶせられ、ついに退職を決意。

もう一つは子供じゃなくて犬のお守り、それも散歩させるだけでいいといわれ、また飛びついた。飼主は三部屋続きの結構なアパルトマンに住む中年女、何で暮らしを立てているのか、犬に刺繍入りの腹巻をさせていた。犬は中型のポインターで、のっけから散歩に行こうよとねだり、自分はそれに応え、セーヌ右岸へ連れ出した。五分も歩くと、犬がしゃにむに走りだし、ロープを持った手が手首から抜けそうになった。目の先に中年男が一人、しゃがんで手を広げていた。犬はそこへ走り込み、男の体じゅうに愛のキスを、雨あられと降らせた。「これ、どういうことです」と男に聞くと、「君は犬をここに置いて自分の家へ帰りたまえ。あの女と別れたとき無理矢理このアランを連れてったんだ。もうひと財産あの女に払ってアランを引き取ることにするよ。これ、少ないが」男は千フランをジュリアンによこし、彼は即日退職となった。

また或る日曜日、博識家でもあるジュリアンは日本の相撲に関心を示した。「お国のリキシは尻を丸出しにしてチョンマゲを結っている。あれはユーモアがあっていいね」と持ちかけ、「腰に巻いている布、何ていうの」とたずねた。

「マワシとかフンドシというよ」

「あれ、生地が硬そうだけど、股間は痛くないの」

「長時間つけているわけじゃない」

「むれはしないか」

「そりゃあ、むれもするだろう」

「相撲をとっている途中、はずれることはないのか」

「それはあるよ。でも、すとんと全部落ちたのは見たことがないな」

「はずれそうになったら、どうするのか」

「行司がゲームを止め、結び直すんだ」

「観客はその間、後ろを向いているのか。はずれようが大きいと、大事なところが見えるだろう」

「観客は前を向いているよ。万一大事なところが見えても、面白くも何ともない。銭湯で人の裸、見慣れているからね」

「ねぇマルオカさん、パリに相撲を呼んで金儲けしないか。エキゾチスムとゲテ物見たさに大入りになると思うよ」

「あのね、相撲は神事なんだ。単なる見世物じゃないよ」

「男がダメなら女はどうだろう。女相撲はないのか」

「そのような体つきの人はたくさんいるが、連盟があるのを聞いたことがない」

「女のリキシを作って、ハラキリを演じさせれば大儲けが出来る」

「何だい、それは」

「花子さんのことは知ってるだろう」

「知らないね」

「戦前のことだけど、花子というお国の女芸人がこちらに来て大受けしたんだって。彫刻家のロダンが彼女の演技に霊感を受けて幾つもマスクを彫っているよ」

「へえー、そんなことがあったのか……」


十二月に入った。パリの空は底にうっすらと青を残し、あまねく薄情そうな象牙色。空気はぴんと乾き、息をすると鼻がぴりぴりする。街の風景は錆びた鉄材を寄せあつめ、泥色のペンキを塗りこめたように見える。

せめて小雪でも降ってくれたらなあ。そんな思いが呼び込んだのか、ほんの一瞬の出来事を、丸岡は思い出した。去年十二月の初め、神保町の学生食堂でランチを食べ外に出たら雪がちらちらしていた。これは面白いと、家へ直行せず、ぶらぶら歩きに切り替えた。道を遠回りするうちに雪が密になり、やっぱり家へ帰ろうと思い直したら、ニコライ堂のドームが眼に入った。青緑の球形にうっすら雪がかむり、高貴な宝石を見るようだったが、丸岡は突飛にもこんなことを考えた。今ここに速水銀子がいればよいのになあ。「寒いね」『うん、寒い」「温かいもの食べようか」「うん、食べよう」「何がいい」「京都のうどんがいい」「京都まで食べに行くのか」「そうよ。いつか行こうと約束したじゃない」。

思い出が一人二役の会話では体を温めてくれない。実際問題、体が寒いので市庁舎のデパートへ行ってセーターを買った。しかしこの外出がかえってあだとなり、風邪をひき、背中がぞくぞくしだした。それでも腹は一人前に減る。青い顔して隣へ行ったら、シャルルおやじが心配して特別の飲み物を作ってくれた。レモンのジュースに蜂蜜とラム酒をミクスしたもの。丸岡はこのサービスで元気が出て、ひとつ短編を書こうという気になった。

ジュリアンが話した花子という芸人のことをヒントに、母親の行方を知りたい男の気持を、パリを舞台に書いてみよう。

丸岡はジュリアンに話を聞いてから、花子についての情報を集めようと大使館やロダン美術館を訪ね、足元の支局の資料なども調べ、次のようなことがわかった。

花子さんが生まれたのは一八七〇年前後、身長は一四〇センチに足りず、パリではプチット・ハナコと呼ばれていた。一九〇〇年初めには旅回りの一座に加わり、すぐに人気役者になり、彼女がハラキリを演じるときの、怨念と悲憤が燃え上がる場面は呼び物であったという。一九〇五年ロンドンで後援者がついて花子一座を旗揚げし、翌年マルセイユ植民地博覧会での芝居がロダンの眼にとまる。ハラキリ場面の形相がロダンをとらえたようで、いくつもの彼女のマスクが制作された。

そうだ、小説の主役の女は花子一座の座員であったことにしよう。そして男の主役は自分と同じ、母の顔も知らない育ちの、ヴァイオリンを持った風来坊にしよう。

丸岡は一日のうちにおおよその構想をまとめ、スチーム暖房の不足を祖父のインバネスを羽織って補い、一気に三日で次の短編を書き上げた。

空は鬱々としたブリキ色、空気が重たい、雨もよいの午後であった。私はいつもの気まぐれから、金受けの鉢を前に置きヴァイオリンを弾いていた。曲目はハンガリア舞曲、場所はリュクサンブール公園のすぐ前、見物人といっては、夏の豪奢を忘れられず裸の己にも気づかない大木ども、鉢の中はきれいに空っぽだった。

三曲弾き終わると、緑の低木の茂みから男が一人現れた。鉢に金も入れないで人を見下ろすような目つきで「あんた、音が硬いな」といった。「そうですか、この天気じゃね」「体がコチコチになってるんだ。家に来ないか」「なぜ、僕が行くの」「うちの女房、これをやるんだ」男は両手の指をくちゃくちゃと動かした。「マッサージをやるのか」「ウイウイ」「齢はいくつ」

「あんたの母親ぐらいだ。別のことを期待してもダメだぜ」「やっぱりやめとくよ」。

「うちの女房日本人で、手先が器用だぜ」

丸岡はへーと驚き、男をしげしげと見た。自分の母親ほどの女を嫁にしている年には見えないが、頭は角刈り、顔つきも律儀な職人風で、好感が持てた。

「よし、やってもらうよ」

家へは十分ぐらいというので歩くことにし、十歩も行かぬうちに男がたずねた。「カミナリモンを知ってるか」「それ、場所の名前?」「男の名だよ。あの人、気前よかったな。女のパレスを持ってるといってたよ」この男、チップを要求しているようだが、女房の手伝いの亭主にまで払うことはないだろう。

以前私は同じような客引きについて行き、按摩が済んだ後、たいそうな副業に危うく引き込まれそうになった。あのときの家は湿気がまだらに染み出た外壁、窓の極端な小ささなど、ひどく気味が悪かったが、この日は古びてはいるものの、パリの裏街では普通にみられる建物。ただ、玄関が開けっぱなし、木の階段がギーギーきしみ、目指す所が二階の突き当りである点は、あのときと同じだった。

男は「ここだ」と私にいい、十秒近く私を凝視した。顔つきと同じく生真面目な性格なのか、チップをくれとは言い出せないようであった。私は「どうもありがとう」と丁重に礼をいい、男から扉の方へ視線を移した。

男は私の視線にうながされ同じ方を向き、ちょっと姿勢を正してから、弱くトントンとドアをノックした。そのさまは朝帰りした亭主を想わせたが、その声も、子猫に話しかけるように優しかった。

「お客さん、連れてきたよ」

「はい、ご苦労さま」

「はい」は日本語、「ご苦労さま」はフランス語だった。男は「ちょっと待ってくれ」と私を制し、先に中へ入って、そこで十秒ほど小声の会話が交わされた。戸が開けたままだから見ようと思えば見られたが、私はそちらを見ず、こんなことを想像した。男は客引きをした手当として女から何がしかの金を受け取ったのだろう。もし、これが本当だとすると、夫婦間にもビジネス関係が存在しているわけで、使用人である夫に自分はチップをやるべきではないか。

「それじゃまたな」

私がチップで悩んでいるのも知らず、男は疾風のごとく立ち去った。

「どうぞお入りください。靴を脱いでね」

私はヴァイオリン・ケースの紐を解いて肩から降ろし、そうしながら足と足をこすり合わせ靴を脱いだ。「あら、音楽家なのね」「一応、音は出せます」ヴァイオリンは、上がったところの壁に立てかけた。

部屋は外とはちがい、薄暗かった。近頃、パリ市街はだいぶ電気が普及し、シャンゼリゼなど光が溢れ眩いほどであるが、大通りからさほどもないこの路地はまだのようだ。明かりといえば、部屋に一つの窓だけで、私は目をぱちぱちとしばたたいた。

焦点が合うと、目前に衣紋掛けを手にした女性が立っていた。白い割烹着風のものをまとい、ゆったりした体格に見える。背丈もそこそこ高いようだ。

私はすかさず視線を顔へと移した。私は、この女性の人相に少なからず関心があった。先刻客引き男から、女房はあんたの母親ぐらいといわれ、万が一彼女が自分の母親であったらなあ、という考えが閃《ひらめ》き、たちまちこの考えに取りつかれた。

私を育てた祖父母は私の母の写真を一枚も家に残していない。私は、幼い息子をおいて家を出たらしい母を、淫放な女にちがいないと想像し、いつもカルメン風な女を想定し瞼に描いた。眉毛濃く、頰骨高く、奥まった眼から妖しい不敵な光を放つ、といった女。

ところが眼の前にあるのは、これとかけ離れた目鼻をしている。顔形は真ん丸と楕円のあいだぐらい。ふっくらしているが、だぶついてはおらず、微笑を含んだような、いい感じである。眼は黒目がはっきりし、これはかなりカルメン的だが、目尻が下っていて、つまり垂れ目なのだ。

気がついたら、相手は私の背中に回り、ジャケットを脱がせにかかっていた。私は逆Vの字に腕を伸ばして彼女をたすけ、「ワイシャツも脱ぐんですか」とたずねた。「そう、ズボンもね」

彼女は私が脱いだ一つ一つを、ぴっぴっと伸ばしたりきちんと畳んだり、ジャケットとズボンは洋服屋のウインドウなみに整え、衣紋掛けにおさめた。

（私は彼女の名前を知らないし、こうした商いの女性を何と呼ぶのかも知らない。そこでこの小説では便宜上、マッサージにちなんでマッ子さんと呼ぶことにしよう）

仮の名をマツ子とつけられた人は、私を寝台へと案内した。こう書くと部屋が広く見えるが八畳ぐらいしかなく、脱衣した場所とは体一つ分しか離れていない。寝台は鉄製の一人用で、ごろんと横になったら、スプリングの強度を腰に感じた。シーツは真新しい純白、あのときの「馬小屋の藁の上にオットセイが寝たあとのような」においとちがい、ランプの油と日本か中国の御香の匂いが微かにした。

マツ子さんは私を横向けにさせ、まず首筋からはじめた。自分はマッサージを受けたことが二度あり、一度は祖父の遺産の明神下の家がやっと売れ、渡欧費用が出来たときで、男の按摩師にかかり、体じゅうごりごりに揉まれた。施術中、ああ肉と骨が分離する、ストップをかけたら怒り出すのではないか、の恐怖で気が気じゃなかった。二度目は副業もやるモンパルナスの女按摩師。彼女は揉み、押し、撫でる、を精緻に使い分け、さながらモーツアルトの弦楽を聞くようであったが、マツ子さんは指づかいのやさしさにおいてモンパルナスより優っていた。

私は初夏の高原のハンモックにいる気分になり、少し眠ったらしい。

短い夢を見た。ほんの十数秒ぐらい、一枚の写真を見ている夢。浅草寺らしいお寺の本堂を背に、四人の男女が笑っている。祖父、私、見知らぬ女性、祖母というならび。祖父母は着物、私はセーラー服、見知らぬ人はワンピース姿で、祖母よりはだいぶ若い。文庫本ほどの写真だから顔形の細部まではわからないが、この人と祖母はどちらもふっくらした丸顔、二人とも大口開けて笑っているので、同系統の顔に見える。ひょっとしてこの人、母ではないだろうか。

夢はそこでぷつんと消え、目の覚めた私はとてもいい気分だった。

だが夢はあくまで夢。私はこれと似た写真が一枚残っているのを思い出した。浅草寺の本堂を背にし、私を真ん中に祖父母が立っているという構図。どの顔も緊張で突っ張っており、あまり仕合せそうには見えない。

マツ子さんがふいに手を休め、不審そうにつぶやいた。

「おかしいな、全体的に凝っている。こんなことってめずらしい」

「お腹や胸も、ですか？」

「ふくらはぎやアキレス腱もね」

「だいぶ前日本でやってもらい、決死的に揉まれたことがある。あれの後遺症じゃないかな」

「立ち入ったこと聞きますが、パリでどんな仕事を？」

「さっき、音楽家であると見たんじゃないの」

「ヴァイオリンは余技じゃない？」

「なぜわかるの」

「わたし、占いもやるから」

「手相？　それとも人相？」

「人相が主で、マッサージで得た感触もまじえてね」

「それで、この僕は何をしている人間？」

「わからない。たぶん何もしていない人」

「当たりだな。しかし、それなら体が凝るはずがない」

「何かしようと、もがいているでしょ。それが体に作用してるんだと思う」

「ふーん、心の悩みが体にね」

話しながら、こんな想いが頭に浮かんだ。彼女の言葉遣い、すっきりした江戸風で祖母とそっくりだ。今見た夢も、このそっくりさを暗示しているのかもしれない。これはひょっとしたらひょっとするぞ。この際思いきって名前を聞いてみようか。

だが、それをして赤の他人だったらどうするんだ。いや逆に万一自分の母であったら、そのあとどう振舞えばいいのか。

マツ子さんはちょっと手を休めただけでマッサージにもどり、私は名前を聞こうかどうかまだ悩んでいた。すると、彼女の口から、この場においてはピント外れの質問が発せられた。

「恋人はいる？」

何を言い出すんだ。あんたの名を聞こうかどうか苦悶しているというのに。けれど私は、声の優しさにつられ返事をした。

「フランス娘の友達なら一人いますよ」

「その人と、あのこと、した？」

「ひやー、してない、してない」

「それも凝りの原因ではないかしら」

「人ってそんな簡単にあのこと、するもの？」

「さあ、どうでしょう」

このとき、自分は仰向き、マツ子さんは俯《うつむ》きに手指を揉んでいて、彼女の顔がはっきり見えた。髪は少女のようなおかっぱ、顔は第一印象より頬の線がやわらかく、眼は姿勢のせいかつむり加減。室内のよわい光の中でその顔は何かに似ていると思われた。そうだ、これは森のフクロウ、広隆寺の弥勒菩薩、それに夢の写真に出てきた左横にいた人。

マツ子さんがまた、この場では的外れのことをいった。

「あなた、帝大を出てまだ間もないでしょ」

私は半ばヤケ気味に応じた。

「へーい、そのとおり。マッサージの感触でわかるんだな」

「中指に、まだ若々しいペンだこがあるもの」

マツ子さんはアハハと大っぴらに笑った。私はほとんど反射的にこう言い放った。

「俺、作家志望なんだ。人を見る眼があるかどうかわからないが、あなた、旅回りの役者していなかった？」

私がこんなことをいったのは、母に関し祖父母は一切何も話さなかったけれど、親戚のおしゃべりのおばさんなどから、こんな話を聞いていた。母は幼いときから踊りを習い、歌舞音曲が好きで、またそれに秀でていた。だから、特技を活かし、花街で芸者をしているか、旅回りの役者になっているのではないか、と。

闇夜に鉄砲であったが、ずばり当たった。

「あなた、人を見る眼があるわ。おそれいりました」

もうこのとき、マッサージは終盤であったようだ。足裏が的になり、それまでと全く違う手法をほどこされた。足の土踏まずのところを、親指でもってぐりぐり押すのである。押されるというより、突き刺されるように痛く、思わず悲鳴をあげた。日本の按摩師が決死的ならマッ子さんは必殺的であった。

やっと解放され、私は「ありがとう」と礼をいい、こう言い添えた。

「自分が作家志望であること、フランス娘とはまだしてないことを告白しました。だから、あなたのこともっと聞かせてほしい」

「小説にするつもり」

「いけませんか」

「いいわよ、光栄だわ」

私はそそくさと洋服を着、彼女にいわれたとおり窓際へ歩を運んだ。そこには小卓をはさんで二脚の椅子があり、二人は向き合う格好になった。マツ子さんはこの機を待っていたようにすらすらと話しだした——私は東京の下町で生まれ育った。父は一人親方の家具職人、貧乏でも金持でもなかったが、一人娘だったので好きなことをやらせてくれた。幼い頃から芸事が大好き、数えの六歳から踊りを習い始めた。師匠は葭町の花街を仕切っているような人、とても厳しかったけれど私はへっちゃら、そのうち三味線にも手を伸ばし、これも熱心に稽古した。どれほど芸事に熱中したかというと、一度も休まず皆勤し、そのくせ尋常小学校は頭が痛いお腹が痛いと、よく休んだ。六年生になってこの先どうするか、父親と意見が対立した。自分は芸事専一で行きたい、父親は高等女学校に行けという、中立の母はおろおろするばかり。でも結局私がわがままを通し、学校は小学校の高等科で済ませ、十五歳で踊りの名取になった。毎日のように花街に通い、華やかな面ばかり見ていたのだろう、芸者になりたい気持がしだいに強くなった。けれど父は猛反対、さすがにこれは押し切れず悩んでいたら、「新派」の前身である「済美館」が浅草で旗揚げした。私はそれを見に行って、これだ、役者になりたいと本気で考えるようになった。出来れば済美館に入りたい。でも新しい演劇の樹立をモットーにしていたので、踊りと三味線ではどうにもならなかった。

さてここで、この時期から時間を飛ばすことにして、ひょんなことで旅の一座に加わることになり、全国を巡った。私は娘道成寺など踊りを武器にけっこう人気者になった。そうして数年後博多巡業のとき、興行主の親分に見込まれ、「わしの妾にならんとね」といわれた。このまま役者を続けても変わり映えしないなと迷っていると、別の興行主から外国巡業に誘われ、渡りに船と飛びついた。一座には、ハラキリで名を馳せた花子さんがいて仲良くなった。一座は欧州各国を回り、やがてロンドンで花子さんがパトロンを得て旗揚げし、そこに自分も加わった。そうしてついに花の都パリに凱旋、いや、おそるおそる荷物を解いたというわけ——。

マツ子さんはここでちょっと口をつぐんだ。私はこの機に気がかりな点を質問した。

「お父さん、若いときから家具職人をしていたのですか」

「ずっと若い頃は浮世絵の絵師を志したようよ。でもご維新《いっしん》で駄目になった。家具にしても、父のは和家具だから、その後どうなったか……」

「もしかしてあなた、ひょんなことで旅役者になってから家へ帰っていないのでは」

「そう、世間ではこれを勘当と申します。私は東京へは寄りつかないようにし、そこへの巡業は何やかやと理由をつけて避けていたわ」

この人、勘当されたというより自分で出奔したので足を向けられなかったのではないか。私は万が一の自分の想定に半歩近づいた気がした。

このとき入口でバーンという音がした。角刈りの客引き男、マツ子さんの亭主が入ってきて、こちらを見ながら、ぼそぼそといった。「雨が降ってきたから傘を取りに来た」「表の廊下に出ているでしょ」「あっ、そうか」亭主は逃げるように出てゆき、マツ子さんはアハハと笑った。

「どうしたんです」

「あの人、心配になって見に来たのよ」

「何を」

「わたしとお客が変なことになっていないかと。あなた、美男子だから」

「前に、そういうことがあったのですね」

「聞かないで」

道理でノックもしないで入ってきたわけだ。私は喉の奥でくっくと笑い、関連の質問をした。

「彼とは長いのですか」

「うーん、まあね」

マツ子さんはまた語りだした——彼とは彫刻家のロダンさんのところで知り合った。彼、元はバレエのパリ・オペラ座のダンサー。ロダンのモデルになったことがあり、同じくモデルになった花子さんとも友達の仲だった。私が彼と知り合ったときは膝の故障で踊れなくなっていて、バレエ団やロダンさんの雑用の仕事をしており、先の戦争のため、花子さんが一座を畳み帰国してからは私も彼を手伝うようになり、結婚届もした。ロダン美術館が出来てからは夫婦で雇われていたが、私は副業にマッサージを始めた。なにしろ三味線で鍛えた指があるので、だんだん客が増え、これが本業となり、彼は営業を担当するようになった。バレエ団の人たちはいい顧客であるし、彼、体の凝った人を見つける天性の眼力を持っているの——。

いいながらマツ子さんが椅子を立った。

「あなた、喉かわいたでしょ」

「僕、まだ居ていいんですか」

「ええ、ええ、営業係も、安心したようだしね」

マツ子さんは、壁の一部に見えていた、同じ色の戸を開け出ていった。私は、わが万が一の推測について急いで頭を整理した。彼女の父親は和家具の職人で絵師になる志望を持っていた。一方わが祖父は看板屋であったが、内心画家になりたかったようだし、元は家具職人であったかもしれない。それが維新による西洋化で和家具が廃れ、絵の心得を活かし看板屋に転職したのではあるまいか。おばさんらが話した芸事が好きで旅芸人になったらしい娘にしても、マツ子さんにぴったり符合するし、さっき見た夢の写真の女の相似は正夢なのではなかろうか。私の推測は二歩も三歩も万が一へと前進した。

茶が運ばれてきた。日本のどこにでも見られるような陶器の茶碗、白の器に山吹色が澄み、鼻をよぎる匂いは五月の風を連想させる。とっさに私は思った。ああばあちゃんだ、この色、この匂い、祖母の淹れてくれたお茶そのものだ。

「こんなお茶、どこで手に入るんです」

「ブルターニュ通りのそばのタンプル市場よ」

私はわくわくどきどきしながら一口飲んだ。そしてこの一瞬、この人が母親であろうという思いが、確信に近いほどふくらんだ。茶の快い香ばしさ、ほのかな甘さ、これは祖母よりの伝授にちがいない。

よーし、仕上げをしなきゃな。この人の性《さが》であるはずの奔放さを確かめねばならない。私は誘導尋問を仕掛けた。

「あちこち旅をして、よく持てたでしょうね」

相手は難なく網に引っ掛かった。

「港々に男ありよ」

「恋多き女なんだ」

「べつの言葉でいえば、色好みの女ってこと」

「一番思い出に残る人は」

「そうね、日本の最後の舞台になった博多でこんなことがあった。楽を終え屋台へでも寄ろうかと楽屋口まで来ると、中年の紳士が待っていたの。『今夜が最後ですね』『どうしてわかったの』『第六感です。何度も通いましたから。お礼にご馳走させてください』トラフグのコースを食べた後古風な酒場へ連れてってくれた。『僕、何度もあなたを瞼に浮かべ、自分の手で行いました』『まあ、それじゃつまらないでしょ。わたし、今晩付き合ってもいいのよ』『いや、それはしないほうがいい。あなたは僕の夢想の中にいてくれたほうがいい』『まあ、それはそうかもしれないわ。現実は興ざめすることが多いもの』」

マツ子さんは垂れ目をほそめ、眩しそうに私に笑いかけた。私はそれを見て、憎みきれない優しさみたいなものを感じ、この顔、何かに似ているなと思った。そうだ、夜遊びして巣に戻ってきた母さんフクロウだな、これは。

さて、どう続けようか。思案していると、相手が助けてくれた。

「小説家として、あなたが聞きたいこと、当ててみましょうか」

「当たったら、ぜひ聞かせてください」

「さっき旅の一座に加わる前にぴょんと飛ばした、そこのところ」

「そのとおりです。どうぞ話してください」

マツ子さんは背をぴんと立て話しだした――わたし、三味線の兄弟子に恋をしたの。十歳年上の男で、所帯持ちなのに私にプロポーズし、いい仲になった。いつか夫婦になれると信じ親に許しを求めたけど、頑として認めなかった。そのうち二人の仲が知れて葭町に出入りできなくなり、彼はつてを頼りに京都へ行った。私は実家に居て二年間尼さんみたいにしていたけれど、とうとう恋しさつのって京都へ会いに行った。私はそのままあちらで下宿し、彼はわたしの熱風に押されたのか、わたしと同棲するようになった。彼、素人衆に三味線や長唄を教えて暮らしを立てていたのが、もう一人養わねばならない。それで新内流しを始め、先斗町や木屋町辺のお茶屋や酒場を流し、けっこう稼ぎがあった。そうして二年間、わたしは彼の帰りを待つだけの暢気な身の上だったわけよ。でもね、やっぱり罰が当たったわ。腎臓を悪くして働けなくなり、たちまち貧乏のどん底に落ちた。彼の奥さん、料理屋の仲居として働きだし、わたしもじっとしていられなくなった。彼には男の子があり、治療費もたくさんかかる。私はカフェの女給となり、それでは足りないので絵のヌードモデルにもなった。一年後彼は亡くなり、わたしはひょいと旅役者になったしだい——。

　マツ子さんはちょっと口を閉じ、両手でつつむようにして茶を飲んだ。

「あのう、ぶしつけなこと、聞いてもいいですか」

「いいわよ」

「実家で二年間尼さんのように過ごしたそうですが、よく我慢できましたね」

「お腹に赤ちゃんがいたのよ」

「それで、産んだのですか」

「産みましたよ」

「その子の消息は」

「あの子がよちよち歩き出来るようになったとき家を出て、それから会っていない」

「会いたくありませんか」

「それは会いたいわ、すごく会いたい。でもね、あちらが拒否すると思うわ」

「そうだろうか」

「母親がこんなだから、子供はきっとくそ真面目なカタブツで、わたし、振られるに決まってる」

「子供さん、何をしていると思います？」

「教師になっているんじゃないかしら」

「大学の？」

「高女の先生か何かに」

「なぜ高女なんです」

「たぶん、お茶の水の女高師なんかを出てね」

「ええっ。子供さん、女の子で？」

「そうよ。それが何か？」

万が一の想定がぷつんと断ち切られた。声も失った。椅子にへたり込みそうになりながら何度か深呼吸し、息を整えた。みっともない姿を見せずに早く退出せねば。

やっとのことで、「よっこらしょ」と声を出し起ち上がった。このときちょうどドアがやさしくノックされた。営業係が新規の客を引いてきたのだ。おかげで私は平静の外観を保つことが出来、「またお世話になります」といって外に出た。

それから一時間ほどパリをほっつき歩いた。どこをどう歩いたか、自分の気持をどう鎮めようとしたか、そんなこと記したって仕様がない。

ただ一時間も歩くうち、マツ子さんに会いたくなった。夜遊びして巣に戻ってきた母さんフクロウ、わが母も同類であろう、あのおかしな人に。

新年まであと十日という日曜日、例のとおり隣で遅い朝食をとり、そのまま窓際を書斎にして次作の構想をはじめた。といっても何も浮かんでこず、丸岡はそれをシャルルのせいにした。おやじがテノールでイタリア民謡をつぎつぎと歌い、高音では窓硝子を揺るがすほどの音量となる。思わずおやじの方を見ると、こちらに向かって手を差し伸べている。客は自分一人であり、じつに迷惑な話であるが、曲がサンタ・ルチアにかわり、これは好きだから手を叩いてやろうと目を離さないでいると、突然歌がやんだ。おやじの目玉が入口に向き飛び出そうになっている。つられて丸岡もそちらを見ると、何とミレーヌがそこに立ち、中をうかがっている。首に白い毛皮のついたブルーのコート、それだのに運動靴らしきものを履いている。丸岡がこっちへと手招きすると、駆け寄ってきて、コートを脱ぎ、差し向いの椅子にへたりこんだ。

丸襟の白いブラウス、濃い緑のセーター、前髪が汗にほつれ、初めて逢引をしたセレクトの彼女を思い出させた。

「ここに居てくれてよかった」

「何か用事？」

「急ぎ相談したいことが出来たの」

「僕がここに居なかったら、どうした？」

「駆けながら考えたわ。いきなりあなたを訪ねてパジャマを着ていたら困るから、ここの主人さまにお願いいして呼んで来てもらおうと」

その主人さまがテーブルに近づいてきた。眼を抜け目なく光らせ、そのくせ微笑を浮かべ、声もいやに優しい。「何をお持ちしましょうか」「カフェ・オ・レを」「ほかには何か」「それで結構です」わりとぴしゃりといわれ、あるじは何か言い足りなそうな顔で下がっていった。

「相談事って？」

「うん、それなんだけど……」

ミレーヌはもごもごと口ごもり、ふーっと深い息をし、大儀そうに顔を伏せた。そして数秒後、悲報を告げるように声を沈ませた。

「わたし、プロポーズされたの」

ぱっと顔が上げられた。眉をしかめようとしているが、小鼻が得意そうにひらいている。丸岡はその鼻を見ながら突き放すようにいった。

「プロポーズ、うれしかったようだな」

「まあ、わるい気はしなかった」

「相手はどこのお坊ちゃまだい」

カフェ・オ・レが運ばれて来、シャルルおやじがテーブルを去るまで二人は何もしゃべらなかった。シャルルは、今度は声楽じゃなく蓄音機をかけた。曲目はムソグルスキーの「蚤の歌」。

たしか、或る王様が一匹の蚤を可愛がり、バスの声のワッハッハが頻出するコミック・ソング。蚤と王様の電撃的登場、ワッハッハの声にもかかわらず、ミレーヌは一瀉千里に相談事を話した。

——相手はビジネスマンのM。二つ年上のMとは母同士が学校友達で、家族ぐるみの付き合いをし、ヴァカンスを南仏で何日かいっしょに過ごすこともあった。自分はMによくなつき、「大きくなったら、M君のお嫁さんになるの」が口癖だった。対してMは「僕は木登りなんかする半男とは結婚しない」と憎まれ口をたたくばかり。今考えると自分は兄に対する気持だったようで、毎年誕生日に招き合ったりしたが格別異性を意識することもなかった。大学に入って一度、社交ダンス部のパーティ券を買わされMを誘い、ダンスしたことがある。そのとき相手がとても緊張してるのを感じ、おやっと思ったけど、M君は運動神経が鈍いんだと気にもしなかった。ところが先日「トゥール・ジャルダン」に呼び出され、豪華なディナーを振舞われ、席上こういわれた。「正式に結婚を申し込みます。たぶん来春ニューヨーク勤務になるから、それまでに式を挙げたい」と。わたし、ままごとのお嫁さんが活きていたのかとびっくりしたけど、上等のシャンパンを二杯飲んだので断りきれず、母ともよく相談して、といってその場は留保してきたわけ——。

丸岡はこの話、中間省略があるのではと疑問を持った。二人の間にはそれなりの経緯があってプロポーズに進展したのではなかろうか。まあ、Mが変人で懐古趣味があって、そのうえせっかちならば、突然の求婚もあり得ぬことではないが。

「それでお母さんに相談したの」

「母、体の具合が悪くて相談できないの」

「君の真意はどうなんだ」

「Mは好きだけど、好きさがゆるいのよ」

「結婚はほどほどに好きな人とするのがよいそうだよ」

「いやだ」

「あっそうか、君は一生結婚しない人なんだ」

「それは抽象的な原則論よ。マルオカさん、人を好きになるってこと、どういうことかわかる?」

「あらためて聞かれてもねぇ」

「人が好きになるってこと、それは破れたシャツの隙間から悲しそうな肋骨を見てしまうこと。初めて会って世間話をしているとき、うわ瞼をくるっとめくって見せられること」

「僕は、君がマッチ売りの少女であったとか、君の眠り顔の片目がぱっちり開いていたら、燃えるがごとく好きになるだろう」

「わたし、マルオカのこと、Mの三倍は好きよ」

「ありがとう。それで僕に相談というのは」

「どう断るか知恵を貸してほしいの」

「あなたとはやっていけそうにありません、というのは」

「そのわけをきかせてくれ、といわれるわ」

「こっちはMさんがどんな男か知らないから答えようがないな」

「適当な理由、作れない？　作家の卵として」

「君が英会話が出来ること、彼、知っているの」

「知らないでしょ。彼の前で英語話したことないから」

「こういったらどうだろう。自分は英語が話せないからニューヨークで神経衰弱になり、あなたのお荷物になってしまう」

「ニューヨークはMの希望的観測で、上海かも、あるいは東京かもしれないわ。東京になったら、わたし、どうしよう」

「日本語知らないから、今度こそ神経衰弱だ」

「ノンノン、マルオカと付き合ったからたくさん覚えた。フルイケやカワズとびこむセミのこえ」

「閑かさや岩にしみ入る水の音」

「そうだ、こうしよう。わたし、婚約だけは承諾するの。ただし日本で婚約することを条件にして、Mに先に行かせ、わたしは次の便にする」

「ミレーヌはその船便をキャンセルして婚約をすっぽかすのか」

「船には乗ります。ただしマルオカが先に日本へ帰り、ヨコハマ港でわたしをさらい、キョートへハネムーンに行くの」

「ミレーヌ、それ、十パーセントぐらい本気なのか」

「その言い方、五パーセントもやる気がないように聞こえる」

「そう思われても仕方がない。こちらは日本に帰ったら、かんぺきに文無しだから」

「小説、書くといってたの、どうなりました」

「一篇書いたけどね。たとえ買ってくれる出版社があっても、二人で京都へ行く旅費になるかどうか」

二人の会話の間、そこにまざれなかったシャルルが何度も「蚤の歌」をかけなおした。ワッハッハのくだりで丸岡がついそちらを見ると、お前も笑えとばかり腹をよじる仕草をした。よほど深刻な会談だと想像してるのだろう。実際、ミレーヌの運動靴と額の汗を見たら誰だってそう思う。

店内にまたしてもワッハッハがとどろき、丸岡がまたそちらを見ると、この際はシャルル、腹をよじらず入口の方を見た。何とそこに、ジュリアン・ソレルが佇立し、早くもこちらに気づいたらしく、テーブルに接近してきた。

「やあ、ミレーヌさん」

「あら、ジュリアンさん」

「君たち、お知り合い？」

「店のお客さん。ヘミングウェイさんみたいな」

「すると貸本部門の客で、ジュリアンも保証金を……」

丸岡はあわてて口を閉じ、ミレーヌは聞こえぬふりで「あなたたちもお知り合いなの」と男二人を順ぐりに見た。

「いやー、われわれ、国際平和に貢献した間柄で」

ジュリアンはまだ立ったまま、貢献の顚末を、シナリオを読むようにすらすらと語った。

「カフェ・ドームで、こちらさまは日本のミカドのお友達に、小生はナポレオン閣下の従卒になり、小生が巻き舌気味に前口上を述べ、こちらさまがG線をふるわせ絃を奏で、そのあと例の横長のナポレオン帽を持って席を回ると、西部から来たアメリカ人などバッファローのように帽子に突進し献金してくれた。おかげで国際平和に、多大の貢献が出来たというしだい」

いつの間にかシャルルが来て、ジュリアンのぴたっと後ろにくっつき、こうコメントした。

「事実はおおむねそのとおりであるが、何かの手ちがいで、金は国際連盟にも赤十字へも渡っていない」

その直後、ほんの二、三秒あと、ジュリアンがシャルルの襟首をつかみ、蓄音機の方へ引っ立てた。二人の邪魔はさせられないと、気をきかせたらしい。

「マルオカ殿、ミカドのお友達を演じたとき、どんな服装していたの」

「紺絣といって平民の着物だよ。本当は衣冠束帯という貴族の出で立ちをしたかったんだ」

「仮装が好きなの」

「いちばんやりたいのはキルトのスカートを穿いて英国大使館の前でバグパイプを吹くこと」

「おお素晴しい。マルオカって、面白い。その発想で小説書いてよ。きっと売れるから」

「ありがとう。もし売れて京都への旅費が出来たら、舟原先生に結婚保証人を頼もうか」

「おふた方、聞こえましたよ。喜んでミーは引き受けるよ。ミス・ミレーヌ、喧嘩したときの『ああしんど』を忘れぬようにな」

ミレーヌが男声でそういい、「はい、フナバラ閣下」と女声で返事した。

その一瞬後、丸岡が頓狂な声を上げた。

「ミレーヌ、入口を見て」

「あらっ、あの子が」

ミレーヌが目にしたのは、立っているのも危ういさまのアルベール。「こっちこっち」ミレーヌの一声で、つんのめりそうになりながらテーブルへ来た。とっくりのセーター、コール天のズボン、それに彼も運動靴を履いている。顔は蒼白、だのに汗をかき、はーはーとあらい息。

丸岡はシャルルを呼び、「とりあえず水を」といい、「さあ、休んで」とアルベールを座らせた。

「どうしたの、アルベール」

「母さんが、母さんが……」

そこへ、水が運ばれて来、その場が無言となり、シャルルは逃げるように下って行った。

「席をはずそうか」

「いいえ、居てください。アルベール、母さん、具合が悪くなったのね」

「うん」

アルベールはうなずき、水をごくごくと飲むと、以下のことを一気に話した——姉さんが出ていくとき窓際で日向ぼっこしていただろう。それが急に寒いと言い出し、寝室へ連れて行った。十五分ほどして額をさわったら熱があるみたいで、それもだいぶ高そうに思えた。家にある熱さましをのまそうかと思ったけど、勝手にのませて逆効果になったら大変だからやめ、病院へ連れて行こうかと考えた。でも今日は日曜日で診てもらえるかわからない。それで思いついたのがアパルトマンの二階に医者が住んでいること。あの人は変人の小児科医だと姉さんから聞いたことあるけど、勇気を出して訪ね、往診を頼んだら来てくれた。母さんが重い心臓病を患ってることも話し、もう駄目でしょうかとたずねたら、この熱は風邪からきているようだな、薬を上げるから取りに来なさいといわれ、もらってきてのませた。それで一応寝ついたので、ここへ走ってきたんだ——。

「アルベール、よくやったわね。ありがとう。変人の医者は名医が多いというけど、とにかく急いで帰ることにしましょう」

「君たち、タクシーで帰ったほうがいいね」

丸岡がそういったところへ、シャルルがアルベールに飲物を運んできた。風邪ひきの丸岡にサービスしてくれたラム酒や蜂蜜入りのレモンジュース。これを卓に置くと、彼はジュリアンを呼び、タクシーを拾ってくるよう指図した。

アルベールはそのジュースを飲み、やっと安堵した顔になった。

「姉さん、ここに居てくれてよかったよ」

「だって、この店を教えたでしょ。マルオカさんに大事な話があるってことも」

「でも、走りながら不安になったんだ。店にマルオカさんが居なかったら、姉さんどうするんだろうって」

「どうすると思ったの」

「マルオカさんの所へ行って、なかなか帰ってこないんじゃないかって」

「あ、あなた、な、何を言い出すの」

ミレーヌはどもりどもりそういい、無意識でやったのか、手で顔を覆った。
七、八分でジュリアンがタクシーに乗って戻り、入れ替わりにミレーヌ姉弟、それに丸岡も
「送って行くよ」と助手席に乗り込んだ。

車で五分ぐらいの間、夏の立石寺みたいに静かななか、一度だけきょうだいの会話が交わされた。

「姉さん、大事な話、きちんとついたの」

「うん、ついたついた。いや、まだついていない」

アパルトマンに着くと、丸岡の提案でタクシーを待たせることにした。お母さんの容態如何で病院へ行くことも想定したのである。三分ほどしてミレーヌが戻ってきて「母、だいじょうぶ」と告げたのでタクシーを帰らせ、それから二人はごく短い会話をした。

「わたし、Mに手紙を書くわ。あなたのお嫁さんになるといったのは、トム・ソーヤーの婚約と同じ。思い出の懐かしい小箱に大事にしまっておきます、と」

「いいなあ。僕はその文句を使える幼友達を持っていない。婚礼の合唱をいっしょに歌った異性の友はいるけどね」

「おー、歌いたいなあ、大声出して。でも今は出来ない。ねぇマルオカ、わたし、しばらく会えないと思う」

「うん、わかってる。どうかお母さんに孝養を」

8 章

一九二＊年一月～三月

パリの冬は東京より気温が低い。下宿はスチーム暖房付きといわれ契約したのだが、ここのスチーム、寒さに比例して温度が下降する。大家に文句をいったら「そのためにストーブがある」と横柄に答えた。「燃料はむろんそちら持ちでしょうね」「いや、契約はそうなっていない」「契約は暖房完備という趣旨じゃないの、俺、ペテンにかけられたのか」「あんた、契約したときストーブ見てたじゃないか。何するものと思ったの」「何かのモニュマンかと思った。パリじゅうモニュマンだらけだからね」「日本にストーブないのかい」「そんなもん、あるものか。仕様がない、あれを燃やすしかないな」ヴァイオリンを出してきて、大家の耳元でキーキー鳴らしたら、さすがパリっ子、なかなかやるじゃないかという顔で、「あんただけ特別薪をサービスする。ほかの下宿人にしゃべるなよ」と口に封印する仕草をした。

冬のパリ。まだまだ蒸気暖房は庶民にいきわたらず、薪と石炭が出す煤のせいか大気は薄靄でくすみ、ときどき散歩に出ても、石の建物群が音もなく沈下してゆくような感覚をおぼえる。実際ロンドンなみに霧の深い日など、憂愁を突き抜けて気分ががくんと落ち込んでゆく。

ミレーヌとはシャルルの店以降会っていない。書店の前を通り、ちらっと中を見るがいつも姿がなくて、気がかりで仕方なかった。そのうち冬は厳寒に入り、或る午後パリにはめずらしく大雪が降り、だのに丸岡は街中へ出てきた。雪のパリを見たい気持もあったけれど、じっとしていられぬほどミレーヌの身が気になった。天候のせいなのか、彼女が信号を発しているのか。

足は一歩一歩、その想いに忠実に動いた。あと数歩で書店というところ、風が吹きつけ傘を飛ばしそうになった。粉雪が大群となって瞼を襲い、視界はゼロとなり、それでも丸岡は足をとめず、いわばどさくさにまぎれた形で書店の客になった。

丸岡は奥の貸本コーナーまで行ってミレーヌをさがした。姿がないので、例の若い店員に聞くと、「お母さんが危篤でね」と答えた。それから三日後、丸岡はまた書店を訪れ、彼に同じ質問をした。彼は無言で首を横に振った。「お母さん、亡くなったの」「ウイ」

丸岡は短くお悔やみの手紙を書き郵便で送った。十日ほどして、これも短く「元気になったらお知らせします」と返事がきた。

そんな中、朗報が一つ、日本から届いた。資生堂パーラーでアイスクリームを賞味し合った彼からで、アルベール・オークレールの絵についての返事だった。丸岡はピカソのかわりとしてこれを勧めたのだが、実物を見せるのはむろんのこと、短時日にレプリカを制作するのも難しいから、文章で説明するより仕方がなかった。これは大変困難な作業であり、この絵はマチスの優美さとゴッホの色彩を併せ持つ点にその特質があると鼓吹し、良心が痛まぬ程度の誇張を交えて説明した。彼の返事は、ぜひ話を進めてくれ、すべて君に任せる、であったが、これ、自分の文章が功を奏したわけじゃなく、彼の、人をとことん信頼する鷹揚さのせいだろう。丸岡はとりあえず、独断専行、例の画廊と話を進めることにした。

ミレーヌが元気になるには相当時間がかかるだろう。丸岡はそんな気がし、待つことに空費されるエネルギーを原稿書きに振向けた。

「アヴィニョンの娘たち」を見て想起された祖父の絵。これを主題にして祖父の生涯のところどころを切り取り中編小説にし、文芸雑誌社に郵送した。

もう一つは無給の雇い主である我が社へ寄稿する記事。見出しは「世界に恒久平和は来るや」と大きく打って出た。ヨーロッパにおける大衆文化の潮流を俯瞰し、大衆迎合（扇動）政治の予兆を論じようというもの。支局長に見せると、「大戦を危惧するとはなあ」と疑問を呈し、「まあ、文章はこなれておるわ」と論評した。

「採用していただけるんですね。至急本社へ送ってもらえませんか」

「アホいうな。俺、東京へ戻されるから、持ってってやる。荷物が一つ増えたわい。あーあ」

支局長はもう一回「あーあ」といい、直後に大あくびをした。

アルベールの絵の交渉も進捗した。買う側としてはなるべく高く売ってくれとはいえないから、「素晴らしい絵だ、買いたいけれど高いんだろうな」と切り出したら、足元を見たらしく、予想以上の値がつけられた。「ちょっと考えさせてくれ」といって数日置き、「やむをえん、それでいい」と返事に行ったら、「この絵、題がついていない。本人に無題でいいか聞いてみるよ」という仕儀になり、画商から問い合わせがなされた。これは結局「真夏の猫の夢」という題で決着したが、このやりとりのうちに丸岡のお節介がばれ、ミレーヌから手紙が来た。

「ほんとうにありがとう。弟、とても元気になり、もう、一人にしておいてもだいじょうぶ。わたしはあと少し」

それから十日ほどたち、二日つづけて雨が降った。外を歩いてもさほど冷たくなく、二日目の夜、パリを舞台に短編をと構想していると、何も浮かばぬ頭に雨音が近寄ってきた。ひたひたと、うちに優しさを含んだモデラートの雨。大地をこよなくいつくしむパリの雨……。

翌朝は晴れ、丸岡の足はおのずとチュイルリー公園に向かった。マロニエの木立は一見まだ冬の硬さ、灰色の針金細工に過ぎないけれど、枝々の先っぽに小豆ほどのふくらみをつけている。あれはたぶん花の幼な子、光満てる春を予告しているのだ。

遊歩道の中程、いつにても生真面目に噴き上る水。冬の間、幾条もの直線がそれぞれ鋭い刃先を天に向けていたが、今日は一つの霧状のものとなり、陽を受けて池へと下降し、水面に無数の玻璃をちりばめた。あっ、少年が一人、ヨットを手に駆けてきた。
　下宿に帰ると、ミレーヌの手紙が来ていた。

「長い冬でした。ごめんなさい。
春が来たのです。お会いしてから話そうと思ったのに、
筆が勝手に動いてしまって。
私、ガリマール書店に合格したのです。
今度の金曜日午後五時、ご都合がよろしければ、
サン・ジェルマン・デ・プレ教会でお会いしたい。
おいしいワインで乾杯し、何かご馳走を食べましょう。
お金の心配しないでね。
ガリマールから前借などしないから。」

　何かお祝いをしなくてはと、丸岡はあれこれ考えた。予算に限りがあるけれど、仮に限りがなくても、彼女が高価な装身具など喜ぶとは思えず、さりとて書籍類を選ぶにはこちらの教養が不足している。結局ヴァイオリンを連れてゆき、彼女に一曲所望してもらうことにした。

当日、丸岡は例のレインコートを着て下宿を出た。このコートに裸のミレーヌをくるみこみ、ホテル・クリヨンのフロントに立とうと、計画したわけじゃない。まだ寒かったからだが、一歩二歩あるきだすと、頭がその計画へと進みだし、とたんに転びそうになった。背中で何かがこすれるような音がした。

まさか弦が切れたのではあるまいな。気になるので足をとめ、ヴァイオリンをケースから出し点検した。ああよかった、弦は四本とも無事であった。

ふたたび楽器を背中にかけながら、丸岡はこんなことを考えた。この冬はミレーヌにとって色んなことが起きた。お母さんの死、弟の絵の売却、彼女自身の就職など、とても大事な出来事であり、厳しい試練でもあったろう。だから今はゆっくり休むこと、穏やかに楽しむこと、そのための自分の役割はかたわらに居て、ただ寄り添うこと、それだけ。

約束の教会へ近づくにつれ、丸岡のそんな思いはいよいよ強くなり、自身、加速度的に紳士になった気がするのだった。

ブールヴァール・サン・ジェルマン。日は暮れかかり、薄く紫がかった夕靄と微かな花の香り。ミレーヌ・オークレールがヒールの音も高く、といった快活な足取りで近づいてきた。その姿を見たとたん丸岡は、紳士をかなぐり捨て、飛びついて抱きしめたくなった。

「ボンソワール」

「ボンソワール」

二人は二か月半の無沙汰を、紋切り型の挨拶によってぜんぶ埋めた。ミレーヌは青いベルベットのワンピースに真珠のネックレス、ベージュ色のコートをまとい、コートは前を開けていた。ボタンをきっちりとめていたら、中はどうなっているのかと想像したかもしれない。

ミレーヌは丸岡の手をとり、教会の斜め前、「ブラスリー・リップ」という店へ入った。中は淡い琥珀色の照明、椅子やテーブルはチョコレート色だった。二人は窓際の席を取り、辛口の白ワインとノルマンディの牡蠣、ニース風サラダを注文した。

ワインが運ばれ、ギャルソンが一杯目をグラスに注いだ。二人は微笑を交わし、それを乾杯の音頭とし、グラスを合わせた。ワインはきりりと冷たく、喉に心地よいキックを与え通り過ぎた。ほどなく大皿に盛られた殻付きの牡蠣が卓に乗せられた。酢牡蠣しか知らない丸岡は一つを口にし、まさに言葉を失った。この味覚の妙をどう言い表すべきか。やわらかく、つるっとしながら瑞々しい肉感があり、一口におさまるほどのものに海の美質のすべてが含まれている。丸岡は貝の分身であるジュースも一滴も残さず飲んだ。

頼んだ一ダースは、ミレーヌも同じペースで食べたのでたちまち空になった。

「もう一ダース頼もう。今日はドカンと散財しよう」

「ねぇマルオカ、手紙に書いたでしょ。今日はわたしに払わせてね。弟がお世話になったお礼をしたいの」

「あれはこちらも儲かるんだ。買主から仲介料をいただくことになっている」

「ここのあと、もう一軒行きましょうよ。或る所から百ドル紙幣がひょこっと出てきたの」

「へぇー、どこから」

「マーク・トゥエインのトム・ソーヤーからよ。母の遺品を整理してたら出てきたの」

「お母さん、アメリカへ行ったことあるの？」

「ないわ」

「おかしいね。それ、おもちゃの百ドル紙幣じゃないの。僕はトム・ソーヤーの本にメープルの葉をはさんでしおりにしていたよ。お母さんも、それ、しおりにしてたんだよ、きっと」

「わざわざ、おもちゃの紙幣をしおりにするとは考えられない」

「いずれにせよ、それが挟んであったページは百ドルに関連すると思う」

「どういうこと」

「トム・ソーヤーとハックルベリー・フィンが洞窟へ探検に行ったところ、壊れた金庫を発見し、百ドル紙幣が一枚残されていた、とかね」

「ハック・フィンがそれをポケットに入れようとするのを、うちの母さんが横取りしたというわけ」

「僕はそこまで考えなかった。やっぱりミレーヌは詩人だよ」

「とにかく、実物を見てよ」

ミレーヌは実際、それらしきものを財布から出して丸岡に見せた。

「なるほど肖像はベンジャミン・フランクリンだ。青の色調も渋くて本物のようだ。ところでミレーヌ、百ドル札の大統領は誰だっけ」

「あなた、何いってるの」

「じつは、百ドル紙幣、見たことないんだ」

このとき、「やあ、ミレーヌ・オークレール、エンド、ミスター・マルオカ」あたり憚らぬ大声がし、ヘミングウェイがテーブルのそばへ来た。

「いつか、二人連れの君たちに会うと思っていた。だのに俺の胸はゴリラのつがいに出くわしたようにドキドキしている」

「そんな浮いた話じゃないんだ」丸岡は眉をいかつく寄せながらたずねた。「ミスター・ヘミングウェイ、百ドル札持っている」

「だしぬけに何だね。その質問、こう変えてほしいね。あなたはこれまで百ドル紙幣を持ったことありますか、と。すると俺は悄然として答えるだろう。そのような大それたものは」

「ミレーヌがトム・ソーヤーからもらったそうだが、本物かどうか鑑定したいんだ」

「ミス・ミレーヌ、あのトムとも親しいの？　あいつ婚約者が二人もいるよ」

「親しかったのはわたしの母よ」

「それは失礼しました。そうそう、百ドル札だったね」

ヘミングウェイは後ろに知人を連れていて、「こちら、スコット・フィッツジェラルド」と紹介し、「彼の『グレート・ギャツビィ』という小説、ベストセラーになったから、たくさんドル紙幣持ってるよ」と教えた。

その彼、「あなた、日本人ですね」と丸岡に確かめ、「僕は座禅をしたことがある。脚が短いので後ろに引っくり返り、うまく出来なかった」悪びれもせずにいい、ミレーヌに微笑を向けた。波打つ金髪、広い額、情熱的な眼差し、赤みをおびた頰。

「僕はね、金は罪悪だと思っている。だから百ドル札を持っても、数秒で手放すから、肖像が誰かも知らない。お役に立てないでご免」

「ありがとう。もういいです」

丸岡は隣の席が空いてるのを見て、「あちらへどうぞ」を手ぶりで示した。

丸岡とミレーヌは何事もなかったかのごとく、持続する熱心さで牡蠣を食べた。さすがに一皿目の倍ほどペースが遅く、全部平らげたときワインの残りが三分の一になった。隣の席はウイスキーの炭酸割りを頼み、アメリカ人としては並みの声で話していた。耳を澄まさなくても聞こえるぐらいだったが、丸岡もミレーヌもそちらには興味ないふりをして色んな事柄を話した。ポアンカレの組閣はどうなるのか、フランの価値が下落しそうだ、アルベールが蓄音機を手に入れドビュッシーの「牧神の午後」を買ったの、ミスタンゲットの人気がすごいね、などと。

ニース風サラダも空になり、酒瓶が底をつきかけたとき、隣の声が格段と低くなった。自然と丸岡の体がそちらへ傾き、耳穴が開き加減になった。

「ゼルダがね……僕のことを……ときどきぶったり……不能者呼ばわりしたり……」

かすれた沈痛な声がフィッツジェラルドの口からとぎれとぎれに洩れた。

「彼女がそんなことを……医者に診せたのか……パリの空気が合わないのでは……」

ボリュームを抑えているらしいがよく通る声なので、肝心なところがこちらの耳につかまった。どうやらスコットの妻は神経を病んでいるらしい。

少しして二杯目のウイスキーがとられ、それからぷつんと会話が途切れた。時間にして七、八分だったろうか。ちょうど、ワインが空いたので、丸岡は勘定のためギャルソンを呼ぼうとした。すると隣で「ここではよせ」というヘミングウェイの声が聞こえ、フィッツジェラルドが急ぎ足で表の方へ向かうのが見えた。

いったいどうしたのだろう。

二人が顔を見合わせていると、ヘミングウェイがもう横に立っていて、さばさばした顔でミレーヌに向かっていった。

「マドモアゼル・フィフィ、スコットは美しいハーブ畑を散策に行ったようです。さようなら、グッドラック」

ミレーヌはその後姿を見ながら「グッバイ」と呼びかけ、「スコット・フィッツジェラルドはどこかの公園へ、何かいけないものを吸いに行ったのかも」とつぶやいた。

「彼の書いたグレート何とかという小説、どんなのか知ってる？」

「成金の青年が大邸宅に人をよんで豪華なパーティを開く話としか知らないわ」

「ところでヘミングウェイが君のことを、マドモアゼル・フィフィと呼んだね。あれ、どういう意味？」

「パリじゃ、下町の可愛い娘のことをそう呼ぶのよ。わたし、そんな顔してる？」

「下町に居ようと、サン・ルイ島に居ようと、君は可愛いフィフィだよ」

「おおきに、おおきに、一目ぼれ」

「一目ぼれって、熱烈に好きという意味だよ」

「ほんと？　ねぇ、うそでしょう」

丸岡はそれには答えず、「アヴィニョンの橋の上で」を鼻歌でうたった。勘定の段になると、ミレーヌはフィフィらしくもなく、男の手を払いのけた。丸岡は仕方なく「ごちそうさま」といった。彼女の手を見ると、百ドル札ではないフランス紙幣が握られていた。

二人は気持よく酔っていて、帰る気などさらになかった。タクシーを拾ってサン・ジェルマン通りを行き、ラスパイユ通りの交差点で降りた。「ドーム」と「ロトンド」が向かい合わせにあり、「どちらにする」と聞くと、「どちらでも」とミレーヌが答えた。ヴァイオリンを携帯していても、ナポレオンの従卒をつれていないから茶番は演じられない。それでは初めての店へと丸岡は「ロトンド」へ足を進めた。

「何を飲む」「ビールがいい」テラス席はまだ寒いので中へ入ることにした。店内は丸岡の眼に、とてもシックに見えた。照明はレモンイエロー、梁や柱はキイチゴ色の赤、椅子、テーブルは純然たる黒。ギャルソンが来て「満席ですが、相席でよければ当たってみますが」とこちらの意向をたずねた。「どうする」「向かいの店は空いてるかしら」と思案していると、「ミレーヌ」と甲高い声がし、店の中程に女が背伸びして手を振っていた。「あらっ、ジャンヌ」ミレーヌがそちらへ足を運び、ひとことふたこと言葉を交わし、丸岡へ手招きした。丸岡はこれに応じ、それで相席が決定した。ジャンヌはミレーヌの大学同級生、連れの男は彼女の夫でアメリカ人、向うの大学の美学の教授だそうだ。丸岡のことは日本の新聞記者と紹介され、「わたしたち、アメリカの新進作家が羨むような仲ですわ。でも実際はそれほどでもないの」と留保がつけられた。丸岡は「まったくそう、それほどでもないな」とミレーヌの言葉を復誦し、「彼女は気前がいい。今日も牡蠣をたらふくごちそうしてくれた。だから付き合いをやめられない」と偉そうな顔をしていった。

美学教授はアイザック・コーエンといい、「そんなことといって君たち、近くゴールインするね」と意見を述べ、「もっとも、私の欠点はそそっかしいこと」と付け加えた。教授はギャルソンを呼び、ウイスキーの炭酸割りを、自分らの追加分と新客の分と四杯頼んだ。こちらの意向を聞かないところ、まったくそそっかしいが、新客はこれに従った。

「今夜は大いに飲もう。明日アメリカへ帰るんだ。だいぶ毛も伸びたことだしな」

パリで刈ればいいじゃないか、妖しげなマッサージ付きのがモンパルナスにあるよ。むろん口には出さなかったが、教授の謹直そうな顔を見ると、そういいたくなった。

酒が来て、四人は「グッド・ヘルス」といってグラスを打ち合わせた。コーエンとジャンヌは齢にだいぶ開きがあるようだった。ジャンヌはちりちりの金髪、小麦色に陽灼した顔、濃いブルーの利かん気な目をしていた。対照的にコーエンの目は縁なし眼鏡の奥にひそまり、眠たげな羊のようだった。

乾杯はしたものの、それで会話が弾むというわけにはいかない。何しろ男二人はこれまで会ったことがないから、いきおい話題は無難な方へ、パリ観光はどうでしたかなどと話すことになる。一方女たちはパリジャンだから観光は問題外、二人が最後に会ったその後へと話は移ってゆく。丸岡の耳がちらっととらえたところでは、ジャンヌはソルボンヌを卒業後ホイットマン研究のため米国へ留学し、そこのキャンパスでコーエンに出会ったらしい。それがどんな出会いであったのか。たとえばコーエンの蹴ったフットボールの球がネットを越えてジャンヌの頭に当たった、という話であればわかりやすいのだが、人生そう単純であるはずがなく、この部分早口のフランス語で話されたので、丸岡には聞こえないのと同じだった。

男同士、会話を切らせまいとする努力はなされた。コーエンは丸岡のヴァイオリンに目をつけ、「それが本業」「得意とする作曲家は」「今日は何のために持っているの」と質問を連発し、対して丸岡は「ただの趣味ですよ」「得意といえるほどの作曲家はいない」と二問には即答したが、今日の携帯理由を明かすのは時期尚早と判断し、「いつも持ち歩いているんだ」とごまかした。

「ジョセフィン・ベーカー、見ましたか？」

丸岡はとっておきの話題を持ち出した。

「裸でバナナをぶら下げて踊る、あれか」

声をひそめてコーエンがいい、「そう、それそれ」と丸岡も小さな声で答えた。コーエンは少しの間沈黙し、女同士の会話が一段と高くなるのを見て、さらに声をひそめた。

「見たよ、見たよ。ジャンヌがカンヌの友達に会いに行ってるときにね」

「あのバナナ、何のためにつけてるんだろう」

「それは、人が食べるためさ」

「誰が食べるんです？　彼女がですか」

「おそらく一本はね」

「あとの何本かはどうなるんです」

「もう一本については知ってるよ」

「誰が、誰が食べるんです」

「知ってるとも。それ、自分が食べたから」

「いつ、いつ彼女にもらったのです、楽屋に入り込んだわけ」

「しーっ、静かに。私の夢がさめてしまう」

「夢だって。夢の中でもらったの」

「そうだ。ジョセフィンがね、全身で私におっかぶさり、口の中へ入れたんだ」

いいながらコーエンは口をふんわり開きそうになった。これはわざとやったようで、すぐに口を閉じ、女二人に首を振向けた。

「おふた方、話が弾んでるようで」

「ねぇアイザック、ミレーヌがガリマールへ入社するんですって」

「ほうー、それはすごい。編集者としてですか」

「そうなると思います」

「あなた、何か本を書きなさいよ。わたしが仏訳して出してもらったら、二重に稼げるわ」

「書きたいことはある。それについてミスター・マルオカと話していたんだ」

「どんなことを？」

「舞踊についてだよ。むろん本業の範疇なんだが、マルオカさんもなかなか詳しくてね」

「ねぇマルオカさん、それ、どんな踊り？」

「日本の京都が舞台です。都をどりといって、舞踊と音楽と美術が織りなす美の極致があるのです」

ジョセフィンのバナナを瞼に浮かべながら、澄ました顔で答えていると、「やあ、みなさん、ボンソワール」いきなり横合いから大型船の汽笛のような声が響いた。声の主は隣の席の初老の紳士、銀色の髪と同色のあごひげ、皮膚はこんがりと灼け、淡いブルーの背広に橙色のネクタイ。一見フランス人には見えなかった。

「よろしかったら、シャンパンをごちそうさせていただきたい」

オーソドックスなフランス語であった。発したのは紳士の同席者で、紺の背広にグレーのネクタイ、紅茶のカップを前にしていた。紳士の通訳であるらしいが、英語が通じるとわかり、さっさと席をはずした。

「そうですか、うーん、うんうん、それではいただきます」

コーエンが四人を代表し、いくらか勿体をつけて返事した。紳士はギャルソンを呼んで、シャンパンとグラスの追加、それとテーブルをくっつけさせた。大枚のチップをはずんだとみえ、ギャルソンは九十度のお辞儀をした。

「ありがとうございます。イソクラテスさま」

このイソクラテス、大変な金持にちがいなかった。それは、シャンパンの類なき芳醇さにも、彼の気前よさにも表れていた。下ぶくれのしたボトルが一本空くと、もう次の一本が待ち構えているのであった。初対面の人間にこの大盤振舞いは変じゃないか、麻薬取引に引き込むやり口ではないのか。丸岡はすこしばかり怪しみながら、グラスへ伸びる手は引っ込めなかった。

酔いが噴き上がるように高まり、丸岡はコーエンにいってしまった。

「ヴァイオリンは、ミレーヌの入社祝いに弾こうと思ってね」

コーエンはこれを右から左へミレーヌに伝えた。

「おー、ベリィハッピー、おおきにおおきに」

声が鼻にかかって液状になり「おおきに」の京都弁がやわらかくとろけた。祇園の芸妓さんが酔うと、こうなるのかな。でもミレーヌは次のステップで、大あくびに至るのではないか。この事態は何としても避けねばならない。

コーエンとイソクラテスが英語でこんなやりとりをしていた。

「前にどこかでお会いしましたな。サザビーズのオークションでしたかな」

対してコーエンは「いや、そうじゃないな。イスタンブールの宝石市ですよ。あなたターバンを巻いて、頭の先に千カラットのルビーをつけていたでしょ」

「あっ思い出した。チュニスの地下酒場だ。あなた、ベリーダンスに見向きもしなかったね。なぜだい」

「一度女の裸踊り見た夜ひどく寝汗をかいてね、それ以来私はピュアーなんです」

「例外もあるんだろ。たとえばシャンゼリゼ劇場は」

「そ、それはともかく、私は全く金を持つことに興味が無くてね。だからこそ聞くんだが、あなたどれぐらい持ってるんです」

「大したことはない。シンプロン・オリエント鉄道の株だって三分の一しか持っていない」

「その話は本当らしいな」

「そろそろ本当の話をしましょう。あなた、アメリカの大学教授だね。顔を見たらわかる」

「そういうあなたの本業は？」

「母国のギリシャで船を造っている」

「造船業ですって。するとあなた、造船王のイソクラテスさん？」

「まあ、人は勝手なことをいうからね」

こんなやりとり中もシャンパンは追加され、イソクラテスは自ら瓶を持ち、四人へ順々に注いだ。その様子を何気なく見ていて、各別のことに丸岡は気がついた。丸岡はミレーヌの右に、イソクラテスはミレーヌの左に座っている。テーブルをくっつけたから、三人は横一列にならんでおり、彼が「マドモアゼル、プリーズ」といったとき、片目をつぶり秋波を送るのが見えたのだ。

そのうち「アムール」という声が彼の方から聞こえ、低い英語で「自分はフランス語はこの言葉しか知らない」といった後、これも英語で詩をつぶやくような言葉の断片が耳に届いた。どうやらこういうことをいったらしい——後で私の泊まっているホテルに来ませんか。最高のワイン、ロマネ・コンティを飲みましょう。なに、心配はいりませんよ。部屋ではなくバルコニーに出て朝まで飲み、友情を温め合う、それだけですから——。

「あらら」ミレーヌが頓狂な声を上げた。「イソクラテスさん、猫を連れてらっしゃるわ」

いわれたイソクラテス、目をキョトンとさせ、あわててテーブルの下から右手を出し、それを見て首を傾げてみせた。

「猫がわたしの膝においたをしたの」

すかさず丸岡がつづけた。

「日本の諺に、猫の手も借りたいほど忙しい、というのがある。あなたは猫の手を借りたいほどアムールが好きらしい」

イソクラテスは四人を見回し不敵に笑い、それから顔の前に右手をかかげ、左手でそれを思いっきりひっぱたいた。

「悪い手だ。失礼しました。お詫びに明日皆さんを午餐に招待したい。ぜひお受け願いたい」

「折角ですが、明日アメリカへ帰るので、お受けできません」とコーエン。

「そうですか、残念ですな。それでは僭越ながらそちらの勘定、私に持たせていただきたい」

「うーん、うんうん」コーエンが合議に諮《はか》らず返事した。「それじゃ、お言葉に甘えて」

四人はそれぞれ悪い手と握手をし、外に出た。「君が演奏するのに格好のバーがある。行くだろう」とコーエンが誘い、「うん、行こう行こう」丸岡は即座にこの船に乗った。羅針盤がどちらに向いていようと構わん、というほどの気分だった。

タクシーをつかまえ、四人が乗り込み、助手席のコーエンが「ホテル・クリヨンの裏」と行き先を告げた。そこまで所要時間は七、八分だったが、丸岡は二人の女に挟まれ、話しかけられ、一息つくいとまがなかった。

「ミレーヌって、今はショートカットだけど、学生時代はお下げにして先っぽにリボンを結んでいたの」

「へぇー」

「男の子によくもてたわよ」

「ジャンヌも髪を編んでたわね。でもそれを頭のてっぺんで結わえていて、首筋が綺麗だった」

「へぇー」

「大人の男によくもてたわ」

少しして助手席のつぶやくのが聞こえた。

「大人の男のしめくくりが私らしいな」

セーヌを渡り、コンコルド広場を過ぎ、ホテル・クリヨンの脇を入った所にそのバーはあった。青い軒燈のほか看板も出さず、白熱燈のぼんやりした明かりを頼りに階段を降りてゆくと、酒蔵にあるような重い木の扉に行き着いた。

中は粗い漆喰塗りの壁と太い梁、明かりは天井と壁の照明が溶け合って、煙ったようなカフェ・オ・レの色。客は細長いスペースに三組ばかり、奥に小さなステージがあり、四人は前の二列目に席をとった。飲物は、さすがにみんな軽いものをと、結局ビールになった。

「ミスター・マルオカがミス・ミレーヌのお祝いに一曲奏でます」とあらためてコーエンが宣

言した。

「ミレーヌ、何かリクエストしてください。ただしラローは弾けないからね」

「何でもいい。マルオカ、あなたの好きな曲やって」

「よーし、曲はマルオカにおまかせだ。それはいいとして、念のためにステージを使っていいか聞いてくる」

コーエンはカウンターの方へ行き、マスターらしい男と短いやりとりをし、戻ってきた。

「店としてはオーケーだそうだ。ただし、間もなくプロの演奏があり、それを聞いてからやるかどうか決めては、というんだ。ジプシー音楽をやるらしい」

丸岡は内心困ったことになったと思った。しかし今さら引き下がれようか。それを察したようにミレーヌがいった。

「あっちがプロならこっちはアマよ。べつに競争するわけじゃないんだもの」

ほどもなく、色浅黒く、緑なす黒髪を油で光らせ、三人の男がステージに上がった。どの顔も目元に憂愁の翳がある。楽器はトランペット、バンジョー、ドラムスで、初めにバンジョーを持った男がフランス語で何か口上を述べた。ラ行がやたらと巻き舌になり、喧嘩を吹っかけられてるようだった。彼の名はジャンゴ・ラインハルト、ジプシーの天才ギタリストその人であったのだが、まだこの頃は無名のバンジョー弾き。ただ、このときの演奏が丸岡の耳に刻まれていて、ずっと後に彼の名盤を聞いたとき、ああ、あのときの彼だとすぐに気がついた。

余談になるが、この日のステージから数年後であろうか、家族のキャラバンが火災に遭い、それを救おうとして彼は重い火傷を負った。フィンガリングする左手で使えるのがわずか二本になったが、練習に練習を重ね、ハンディキャップを克服したようだ。

さて、演奏が始まった。初めの二曲は賑やかな、ジャズのデキシーランド風で、三つの楽器がテンポよく合奏し、祭りを練り歩く楽隊のさまを、泥くさく奏でる趣があった。

そのあと四曲は「チャルダッシュ」や「二つのギター」などのジプシー音楽。それは軽やかに弾むように、あるいはゆったりと流れるように、そしてまた教則本をなぞるように、自在にリズムを刻みながら、どこか悲しかった。キャラバンの蔭に黒い瞳の少女がいて、ぽつんと佇んでいるような、そんな悲しさ。

ほとんど、バンジョーが主役だった。トランペットは短いソロのパートにおいて、その悲しみをミュート風に奏で、ドラムスはシンバルのトレモロで表した。

それにしてもあのバンジョー奏者、何者なのか。指使いの巧みさ、音程の確かさ、そして天衣無縫ともいえるしなやかな音楽性。彼の音楽宇宙は限りなく広く深く、星々の光に満ちみちている。丸岡は芯からそう感じ、自分の出る幕などないなと観念した。

だのに、ステージが終わるとコーエンがいそいそと舞台へ足を運び、バンジョー弾きに何か語りかけた。三人の奏者は客席の方へ移動し、コーエンがそこへウイスキー瓶を運ばせた。

「音楽に乾杯」

三人はグラスを高くかかげ、ついでバンジョー弾きが「どうぞやってください」を手真似で示した。

「ミスター・マルオカ、君の番だぞ」

「いやいや、彼らの演奏を台無しにしたくない」

「何をいってる、ヘイハチロー・トウゴウが泣くぞ」

ミレーヌを見ると、困ったように目をしばしばさせ、それでも胸のところで小さく手を叩いている。それが何か祈りをこめているように見えた。よーし、やるしかないな。丸岡は椅子を立った。

「それでは日本の曲を。ムーンライト・エンド・オールドキャッスル」

こんな訳が通じたかどうか、ともかく丸岡は「荒城の月」を弾きだした。こちらは緩急などつけられないからひたすら鈍行で行くしかない。ゆるゆると月も焦れるほどのラルゴを心がけ、あわよくば悠遠の趣が出ればと念じながら。

客席はしーんとし、丸岡はいっそう緊張して指がコチコチになった。これでは鈍行どころか停止してしまいそうだ。丸岡はヴァイオリンだけじゃ覚束ないなと、声も出すことにした。

「春高楼の花の宴　めぐる盃かげさして」

えいっと開きなおったので、上々にすべりだした。

「千代の松が枝わけいでし　むかしの光いまいずこ」

いいぞいいぞ。よーし、悠遠に加えて「優婉」の趣も出そう。丸岡は声に勿体をつけて長唄調にし、ついに三番まで歌い通した。

疎らな客席から精一杯の拍手が送られ、ミレーヌと三人のトリオは立ち上がって喝采してくれた。バンジョー弾きが「お礼に一曲を」と申し出た。

「ありがとう」

舞台に上がった彼はひとこと、曲の名を告げた。

「ツィゴイネルワイゼン」

丸岡はわが耳を疑った。哀愁をおびたあの曲をバンジョーのソロでやるのか。あれは、景気よくかき鳴らして気持を鼓舞する楽器ではないのか。

だが、出だしにおいてたちまち引き込まれた。その音は粗削りで、むき出しで、一つ一つがまじり気のない原石であった。ときにピッチカート、ときに爪弾き、そして手の平のどこかを弓として使うのか、この曲の持つ情感を、まるで自動織機のように紡ぎ出すのだ。粗野にして奔放、しかも哀切に満ちている。丸岡は涙が溢れだすのも構わず聞き入った。

演奏が終わり少しして、「そろそろここを出ようか」とコーエンが言い出した。「ここの払いは私に持たせてほしい」

「それなら、あなたと僕で割勘としましょう」

「ダメダメ、ミレーヌのガリマールと君のオールド・キャッスルに敬意を払いたいんだ」

「そうか、どうもありがとう」

四人は外へ出て、クリヨンまで歩いた。そこでコーエン夫妻はタクシーをつかまえ、宿泊先のホテル・リッツへ帰って行った。それを見送りながら、丸岡はちらっとミレーヌを見た。コートを着ているがボタンをとめていない。下着をつけぬジョセフィンを演じるにはまずボタンを嵌めねばならない。そんなことが頭をかすめるうちにミレーヌの足が動いた。ホテルとは反対方向である。

「ミレーヌ、どこへ行くの」

「少し歩きましょうよ」

「どこまで」

「どこまでって決まってないわ」

「そっち、チュイルリー公園の方じゃないか」

「そうよ」

丸岡は前を行くミレーヌに対し、えへんと咳払いして後ろを向かせた。そうしてホテル・クリヨンを振返り、もう一度振返った。ミレーヌはくすくす笑いながら後戻りし、丸岡の手をぐいと引っ張った。アルコールが彼女の腕力を倍加させたらしい。否も応もなく丸岡の爪先は公園の方へ向けさせられた。

公園に入ると、ミレーヌは握った手をゆるめ、歩きだした。これは前に憶えのある、おててつないでであり、このまま行くと結局カルーゼルの凱旋門で清い別れをすることになる。

だが今はあのときと状況がちがう。もう夜が更けて人影は無く、こちらを見ているのは、中天に浮かぶ月と青みわたる空、大木どもの黒々とした影だけだ。われわれはいわば宇宙の孤島に二人きりでいるのであり、それがおててつないでだけで終わっていいものか。

「俺、酔っぱらったのかな。足がよろよろする」丸岡は実際、言葉どおり足をよろめかせた。

「わたしもよ。少し休んで、座禅をしましょうよ」

「とりあえずベンチに座るのはいいけどね」

「座禅はダメなの？」

「折角二人で孤島にいるんだから、それらしくしたい。君が引っくり返る姿は見たくない」

「おお、孤島とは素敵。われらが酩酊船は座礁し、ここに眠れり、アルチュール・ランボウ……」

ミレーヌはそれきり口をつぐんでしまい、二人は無言のまま五分ほど歩いた。後ろから月光を浴び、石畳の道に二つ、影法師が出来ていた。

「あそこ、あのベンチに座りましょ」

ミレーヌが左の方を指さし、そのとたん体をよろめかせた。一瞬丸岡もつられてよろめきそうになったが、とっさに体を回転させミレーヌを抱きとめた。そうして右手はつないだまま、左手をミレーヌの肩に回し、ぎゅっと引きつけた。ミレーヌは丸岡の胸の中で小鳥のようになったが、つないだ手の握力は痛いほどであった。

宇宙の孤島において、二人は抱き合い、動かなくなった。それは宇宙次元の尺度で測れば一瞬に過ぎなかったけれど、二人の思いはこのままずっと愛のモニュマンになることであった。

どのぐらいの時間そうしていたのか。幸運にも、天上の月がこの思いを察して、二人の姿をぴたっと一つの影法師に造形し、石畳の上に置いた。一つの像でありながら二人であるとわかる、愛に満ちた美しいこの造形は、月が彫心鏤骨して創りあげた、まさに永遠のモニュマンであった。

参考文献

アーネスト・ヘミングウェイ『日はまた昇る』（新潮社）
同右『移動祝祭日』（岩波書店）
A・E・ホッチナー『パパ・ヘミングウェイ』（早川書房）
ルイ・アラゴン『オーレリアン』（新潮社）
ヘンリー・ミラー『北回帰線』（新潮社）
永井荷風『ふらんす物語』（新潮社）
金子光晴『ねむれ巴里』（中央公論社）
芹沢光治良『巴里に死す』（勉誠出版）
北杜夫『どくとるマンボウ航海記』（新潮社）
三井ふたばこ編『西條八十詩集』（新潮社）
瀬木慎一『ピカソ』（集英社）
アンドレ・ヴァルノ『パリ風俗史』（講談社）

著者略歴

小川征也（おがわ・せいや）
昭和15年、京都市に生まれる。
昭和38年、一橋大学法学部卒業。
昭和39〜42年、衆議院議員秘書を務める。
昭和43年、司法試験合格。昭和46〜平成19年、弁護士業務に従事。
著書＝エッセイ『田園調布長屋の花見』（白川書院）、
小説『岬の大統領』（九書房）、
『湘南綺想曲』『KYOTOオンディーヌ』『恋の鴨川 駱駝に揺られ』
『先生の背中』『老父の誘拐』『花の残日録』『風狂ヴァイオリン』（作品社）。

巴里《パリ》の雨《あめ》はやさし

二〇二三年四月二〇日第一刷印刷
二〇二三年四月二五日第一刷発行

著者 小川征也
装幀 小川惟久
発行者 青木誠也
発行所 株式会社 作品社

〒一〇二-〇〇七二
東京都千代田区飯田橋二ノ七ノ四
電話 （〇三）三二六二-九七五三
FAX （〇三）三二六二-九七五七
https://www.sakuhinsha.com
振替 〇〇一六〇-三-二七一八三

印刷・製本 シナノ印刷㈱
本文組版 ㈲マーリンクレイン

ISBN978-4-86182-973-4 C0093